張韓節孝記

장한절효기,
한씨와 장영 모자의 복수 이야기

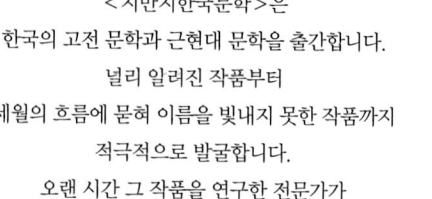

<지만지한국문학>은
한국의 고전 문학과 근현대 문학을 출간합니다.
널리 일러진 작품부터
세월의 흐름에 묻혀 이름을 빛내지 못한 작품까지
적극적으로 발굴합니다.
오랜 시간 그 작품을 연구한 전문가가
정확한 번역, 전문적인 해설, 풍부한 작가 소개, 친절한 주석을
제공합니다.

張韓節孝記
장한절효기,
한씨와 장영 모자의 복수 이야기

작자 미상

주수민 옮김

대한민국, 서울, 지만지한국문학, 2024

편집자 일러두기

- 이 책은 단국대학교 율곡기념도서관에서 소장하고 있는 경판 29장본 《장한절효기(張韓節孝記)》를 저본으로 삼았습니다.
- 현대어 번역 시 서사 흐름이 매끄럽지 않은 부분과 인명 및 지명 등의 한자 표기는 1915년 신명서림에서 출간된 활자본 《장한절효기(張漢節孝記)》를 참고해 보충했습니다.
- 현대어역은 현대 독자가 쉽게 이해할 수 있도록 원문의 의미를 벗어나지 않는 범위 내에서 자연스럽게 윤색을 가했습니다.
- 원문은 저본의 표기를 그대로 따르되, 한자를 병기하고 구두법과 띄어쓰기만 현대 문법에 맞게 옮긴이가 바꾸었습니다.
- 원문에 〈1a〉, 〈1b〉와 같이 저본의 쪽수를 표시해 쉽게 대조할 수 있도록 했습니다.

차 례

장한절효기 · · · · · · · · · · · · · · · · · · · 1
원문 · 107

해설 · 187
옮긴이에 대해 · · · · · · · · · · · · · · · · 198

경판 29장본 《장한절효기》 첫 쪽.
단국대학교 율곡기념도서관 소장.

장한절효기

화설.1) 송나라 말년 남양(南陽) 땅에 도학2)이 매우 뛰어난 선비가 있었으니 성은 장(張)이요, 이름은 필한(弼漢)이었다. 장필한은 어린 나이에 과거에 급제하고 한림학사3)가 되었으나 부모의 나이가 많아지자 임금께 표4)를 올려 사직을 청하고 고향으로 돌아와 부모를 봉양했다. 장 학사의 아내는 한씨(韓氏)로 매우 아름다운 숙녀였다. 그런데 하루는 꿈속에서 하늘 문이 열리더니 한 선관5)이 내려와 말했다.

"나는 한나라 어사태부6) 범방7)의 아들입니다. 아비가

---

1) 화설(話說) : 고소설에서 이야기를 시작할 때 쓰는 말.

2) 도학(道學) : 유학의 한 분파로서 중국 송나라 때 발달한 정주학 또는 주자학의 별칭.

3) 한림학사(翰林學士) : 중국 당나라 때 임금의 명령을 받아 문서를 작성하는 기관인 한림원(翰林院)에 속해 조칙의 기초를 맡아보던 벼슬.

4) 표(表) : 고대 중국의 문체로 신하가 황제에게 올리는 글.

5) 선관(仙官) : 선계(仙界)에서 벼슬살이하는 신선.

6) 어사태부(御使太夫) : 중국 전한(前漢) 시대에 관리를 감시하는 역할을 담당하던 관리.

7) 범방(范滂, 137~169) : 중국 후한(後漢)의 관료. 자(字)는 맹박(孟博)이며 여남군(汝南郡) 정강현(征羌縣) 사람이다. 후한 환제(桓帝) 시절에 청조사(淸詔使)를 지냈으며 168년에 영제(靈帝)가 즉위하고 얼마

매우 원통하게 죽은 까닭에 옥황상제께서 불쌍히 여겨 인간 세상으로 보내셨습니다. 청주산 신령이 이 댁으로 가라 하셨으니 부인께 의지해 아비의 원수를 갚고자 합니다."

꿈에서 깨어난 한씨는 꿈속의 일이 매우 이상하다고 생각했는데 과연 잉태해 열 달 뒤 기질이 범상치 않은 옥동자를 낳았다. 장 학사와 한씨 부부는 매우 기뻐하며 아이의 이름을 영(榮)이라 짓고, 자(字)를 운보라 했다.

이적에 장 학사는 부모가 연이어 세상을 떠나자 어버이의 삼년상을 마친 뒤 조정으로 돌아가 시중[8] 벼슬을 하게 되었다. 그러나 곧 송나라가 망하고 원나라가 들어서자 벼슬을 버리고 남양으로 돌아와 청주산의 이름을 '이제산'[9]으로 바꾸고 사는 마을의 이름을 '도령촌'[10]이라 했으

뒤 환관들이 사대부를 탄압한 사건인 '당고의 금(黨錮之禁)'이 일어나자 잡힐 것을 알고 스스로 감옥에 들어간 뒤 주살되었다.
8) 시중(侍中) : 중국 진시황 때부터 설치된 재상급의 관직명.
9) 이제산(夷齊山) : '이제(夷齊)'란 주(周)나라 무왕(武王)이 은(殷)나라 주왕(紂王)을 멸하자 절의를 지키기 위해 수양산으로 들어간 백이(伯夷, ?~?)와 숙제(叔齊, ?~?)를 함께 부르는 말로 송나라에 대한 절의를 지키겠다는 장필한의 의지가 반영된 이름이라 할 수 있다.
10) 도령촌(陶令村) : '도령(陶令)'은 진(晉)나라 처사 도연명(陶淵明,

니 이는 두 임금을 섬기지 않겠다는 뜻을 밝힌 것이었다.

한편, 남양태수(南陽太守)[11] 오세신(吳世臣)은 본래 흉악한 사람으로 장 시중의 명성을 시기해 해할 마음을 먹고 여러 번 장 시중을 불렀다. 그러나 그의 불인함을 알았던 장 시중이 부름에 응하지 않자 화가 나 '장필한이 송나라를 위해 불궤지심[12]을 품었다'는 말을 지어내어 세상에 널리 퍼뜨렸다. 그러고는 이를 빌미로 장 시중을 추포(追捕)해 죽이려 했으니 이 소식을 들은 한씨는 망극해 억울한 사연을 적은 원정[13]을 들고 관아를 찾았다. 이때 오세신은 장 시중을 심문하다가 관아로 들어선 한 여자를 보게 되었는데, 비록 색 없는 옷을 입고 머리털은 헝클어졌으나

365~427)이 팽택현령(彭澤縣令)을 지낸 데서 비롯된 말로 도연명은 쌀 다섯 말 때문에 허리를 굽힐 수 없다며 관직을 버리고 귀향해 죽을 때까지 벼슬에 오르지 않았다.

11) 태수(太守) : 옛날 중국의 지방관. 진(秦)·한(漢)이 통일되며 봉건제 대신 군현제가 시행되면서 중앙정부에서 임명된 군(郡)의 장관을 말함.

12) 불궤지심(不軌之心) : 법이나 도리에 어긋나는 마음으로 보통 반역을 꾀하려는 마음을 말함.

13) 원정(原情) : 원통하거나 억울한 일 또는 딱한 사정 등을 국왕이나 관부(官府)에 호소하는 문서.

용모와 기질은 참으로 아름다워 한 나라를 기울일 만했다. 오세신이 정신이 황홀해 물었다.

"그대는 누구인가?"

한씨가 아름다운 목소리를 높여서 말했다.

"첩14)은 장 시중의 처, 한씨입니다. 지금 남편이 억울하게 죽게 되었기에 애매한 사정을 아뢰고자 왔나이다."

세신이 원정을 받아 읽어 보니 글의 내용이 매우 처절했다. 이에 더욱 흠모하는 마음이 들어 흉악한 꾀가 솟구쳤으나 우선은 한씨에게 은혜를 베풀고 이후 장필한을 죽여 욕심을 채우겠다는 심산으로 공손히 말했다.

"착하다. 부인의 문장과 절의에 항복하노라. 그러나 이 일은 조정의 명을 받아 다스리는 것이니 내가 임의로 할 수 있는 일이 아니다. 그러나 아무쪼록 잘 처리할 것이니 그대는 물러가라."

한씨는 남편의 일을 잘 처리하겠다는 오세신의 말을 믿고 고마워하며 집으로 돌아갔다. 그 후 한씨에게 마음을 빼앗긴 오세신은,

---

14) 첩(妾) : 보통 본처 외에 데리고 사는 여자를 말하나 여기서는 결혼한 여자가 윗사람에게 자기를 낮추어 이르던 일인칭 대명사로 쓰임.

'장필한을 살려 두면 한씨를 차지할 길이 없고 그렇다고 장필한을 죽인다면 한씨가 순종할 리 없으니 이럴 수도 없고 저럴 수도 없어 그 형세가 매우 난처하구나.'

라고 생각하며 어찌할 바를 결정하지 못하고 있었다. 그런데 문득 한 가지 계책이 떠올라 기뻐하며 절친한 벗인 영릉태수(零陵太守) 진한(陳漢)에게 이 일을 알려 공모한 뒤 한씨를 불러 말했다.

"장 시중을 풀어 주려 했더니 조정에서 죄인을 구호한다며 나를 문책하고 시중을 영릉으로 옮겨 다스리라 하셨네. 다행히 영릉태수는 나의 절친한 벗이라네. 내가 그에게 부탁해 시중을 구한다면 부인은 그 은혜를 무엇으로 갚으려는가?"

이 말을 들은 한씨가 울며 말했다.

"태수는 현명하신 관원으로 죄 있는 자를 벌주고 없는 자를 구하시면 상벌이 분명할 것이며 만민이 그 덕을 기리고 하늘 또한 복을 내리실 겁니다. 그런데 어찌 아녀자에게 은혜를 갚으라 하십니까? 이는 어진 군자의 뜻이 아니니 첩이 따를 수 없나이다."

하고는 기운이 서릿발같이 매섭고 준엄하니 세신이 크게 부끄러워하며 말했다.

"내가 실수로 말을 잘못했으니 부인은 용서하라."

한씨가 말했다.

"이제 남편을 영릉으로 옮긴다고 하시니 영릉태수께 부탁하는 글을 써 주신다면 결초보은15)하겠나이다."

오세신이 응낙하고 글을 써 영릉으로 보냈으나 그 내용은 장 시중을 죽이라 당부한 것이었다. 그러나 이러한 흉계를 알 리 없는 한씨는 다행이라 생각하며 영릉으로 향했다.

이후 한씨는 영릉에 도착했으나 옥졸(獄卒)이 문을 막고 들여보내지 않자 통곡하며 피를 토했다. 그러자 옥졸은 한씨를 가련하게 여겨 마침내 문을 열어 주었다. 옥에 들어간 한씨가 장 시중을 붙들고 통곡하자 장 시중이 정색하며 말했다.

"내가 송나라의 신하로서 죽지 않고 지금까지 살아 있는 것은 불충(不忠)입니다. 그러니 하늘이 미워해 간신의 손에 죽게 하는 것이니 구차하게 살아 무엇 하겠소? 그러나 내가 죽은 후 간적16)이 우리 영이를 반드시 그냥 두지 않을 것이니 부인은 슬퍼 말고 영이를 데리고 임주(林州)

---

15) 결초보은(結草報恩) : 죽어 혼령이 되어도 은혜를 잊지 않고 갚음.
16) 간적(奸敵) : 간악한 적.

금병산으로 들어가시오. 내 일찍이 그곳을 다스릴 때 많은 이들에게 은혜를 베풀었으니 자연 구할 사람이 있을 것이오. 아이를 잘 키워 꼭 후사를 이으시오."

하고 아들을 안고 통곡했다. 이때 장영은 세 살이었는데 남보다 뛰어나게 영리했다. 부모가 우는 모습에 마음이 슬퍼진 영이 부친의 수염을 어루만지며 말했다.

"아버지께서는 소자17)를 버리고 어디로 가시려고 이렇게 슬퍼하십니까? 이곳이 누추하니 우리 집으로 가소서."

이 말을 들은 장 시중은 슬픔으로 기가 막혀 아들을 부인께 맡기며 말했다.

"이 아이가 장성하면 나의 원수를 갚고 부인을 영화롭게 할 것이니 부인은 슬퍼 말고 빨리 돌아가시오."

한씨는 마지못해 눈물을 흘리며 장 시중에게 하직하고 옥문을 나왔다. 이때 옥문 밖에서 술을 팔던 한 노파가 다가와 말했다.

"부인의 모습이 참으로 가련합니다. 제 집에 머물면서 상공18)의 생사(生死)라도 살피소서."

---

17) 소자(小子) : 아들이 부모에게 자신을 낮추어 이르는 말.
18) 상공(相公) : 재상 또는 지체 높은 집안에서 아내가 남편을 높여 부

한씨는 노파의 말이 옳다고 생각해 노파를 따라갔는데, 원래 이 노파는 오세신의 유모로 그의 명으로 한씨의 거동을 탐지하던 중이었다. 얼마 후 장 시중은 영릉태수 진한이 죄목(罪目)을 다시 따지지도 않고 자기를 쳐 죽이려 하자 하릴없이 품에서 칼을 빼 목을 찔러 자결했다. 옥졸로부터 장필한이 죽었다는 말을 들은 진한은 내심 다행이라 생각하며 장 시중의 시체를 관아 밖으로 던졌다. 이를 본 한씨가 달려가 시중의 주검을 붙들고 통곡하자 노파가 위로하며 말했다.

"이제는 어찌할 도리가 없으니 제 집으로 가 초상을 치른 뒤 고향으로 옮겨 다시 장사하소서."

한씨는 남편의 시체를 노파의 집으로 모셔와 밤낮으로 목 놓아 슬피 울었다. 노파는 관곽[19]을 비롯해 장례에 필요한 것들을 모두 마련해 주었고, 그 고을 사람들은 한씨를 불쌍히 여겨 다투어 한씨의 집으로 관을 운반해 주었다. 이후 한씨는 선산에 장 시중을 장사하고 스스로 목숨을 끊으려 했으나 시중의 유언을 생각해 슬픔을 억제하고

르는 말.

19) 관곽(棺槨) : 시체를 넣는 속 널과 겉 널을 아울러 이르는 말.

세월을 보냈다. 그러던 하루는 노파가 한씨를 찾아왔다. 한씨는 반가워하며 노파를 후하게 대접하고 초상을 치러 준 은혜를 일컬으며 감사의 말을 전했다. 그러자 노파가 겸손한 태도로 조심스럽게 말했다.

"부인의 고운 얼굴이 쇠하지 않았거늘 어찌 독수공방[20]의 고초를 감내하십니까?"

이 말을 들은 한씨가 정색하며 말했다.

"열녀(烈女)는 두 지아비를 섬기지 않는다고 했거늘 어찌 차마 그런 말을 하는가?"

노파가 말했다.

"부인이 하나는 알고 둘은 모르는군요. 힘 있는 사람이 어려운 때를 타 부인을 억지로 따르게 한다면 절(節)을 보전하지 못할 것입니다. 성인(聖人)도 형편에 따라 권도[21]를 행하셨으니 부인이 마음을 돌려 권문세가[22]에 의탁해 공자[23]를 키우신다면 이것이 어찌 지혜가 아니겠습니까?"

---

20) 독수공방(獨守空房) : 여자가 남편 없이 혼자 지내는 것.

21) 권도(權道) : 목적을 달성하기 위해 형편에 따라 임기응변으로 일을 처리하는 방도.

22) 권문세가(權門勢家) : 벼슬이 높고 권세가 있는 집안.

한씨가 말했다.

"내 비록 죽을지언정 절개를 잃은 사람이 되지는 않을 것이네. 또 누가 나를 억지로 따르게 하겠는가?"

노파가 말했다.

"저적에 오 태수가 부인을 흠모해 첩에게 중매하라 하셨으니 혼인을 허락한다면 부인의 부귀와 영총이 흠이 없을 것이나 그렇지 않으면 태수가 위엄으로 강박해 욕을 면치 못할 것입니다."

한씨가 깜짝 놀라 크게 화를 내며 말했다.

"오세신은 나와 같은 하늘을 받들며 살 수 없는 원수로구나! 갈수록 나를 업신여겨 더러운 말로 욕을 보이는 것이냐? 할미는 어서 가고 다시는 오지 말라."

노파가 더 이상 말을 못하고 집으로 돌아가자 한씨가 곰곰이 생각했다.

'내 비록 연약하나 어찌 남편의 원수를 갚지 않으리오? 그러나 형세 미약하니 복수하기가 힘들 것이다. 그러니 이 기회에 오세신을 속여 원수를 갚고 죽은 남편의 뒤를 따르리라.'

---

23) 공자(公子) : 지체 높은 집안의 나이 어린 아들.

이에 한씨는 이튿날 노파를 불러 웃으며 말했다.

"내가 어제 꾸짖었다고 할미는 노하지 말라. 또한 내 형편이 실로 할미의 말과 같아 부득이 혼인을 허락하니 할미는 잘 주선하라."

이 말을 들은 노파가 기뻐하며 말했다.

"부인의 소견이 통달하시니 항상 만복과 경사가 따를 것입니다. 오 태수께서 시중을 구하려 한 것은 부인도 아는 바요, 초상 또한 태수가 보내신 재물로 치른 것입니다. 그러니 태수의 은혜는 있을지언정 원수는 없으니 부부가 된들 무슨 꺼릴 것이 있으리오?"

한씨가 말했다.

"초종[24]까지 살펴 주셨다니 은혜가 망극하구나. 그런데 할미는 오 태수와는 어떻게 친한 것이냐?"

노파는 한씨의 기분이 좋은 것을 보고 은근히 기뻐하며, 자기는 본래 오 태수의 유모로 그의 명을 받아 영릉까지 가 한씨를 도왔다며 그간의 일을 모두 사실대로 말했다. 이 말을 들은 한씨는 마음속으로 크게 분노했으나 기

---

24) 초종(初終) : 초종장사(初終葬事)의 준말. 초상이 난 뒤부터 졸곡(卒哭)까지의 예식을 뜻한다.

뻐하는 척하며 말했다.

"내 할미의 정성에 감동해 허락했으니 앞으로 일이 뜻대로 되지 않는다면 할미를 용서하지 않으리라."

그리고 노파를 돌려보낸 뒤 슬퍼하며 말했다.

"오세신이 남편을 죽이고 나를 달래어 취하고자 하는 것을 보니 그가 나 때문에 남편을 죽인 것이 분명하다. 내가 이 원수를 갚지 못한다면 지하에 가 무슨 면목으로 남편을 보리오? 또 남편을 장사한 것이 오세신의 재물이라 하니 그저 두지 못하리라."

한씨는 약간 남은 논밭을 팔아 관곽을 새로 마련해 다시 장 시중을 매장했다. 이때 노파가 돌아가 한씨와 나눈 말을 전하니 오세신은 매우 기뻐하며 노파에게 상을 후하게 내리고 날을 골라 노파 편에 빙폐[25]를 보냈다. 한씨가 노파를 후하게 대접해 돌려보내자 이 모습을 줄곧 지켜보던 시비[26] 계향이 울며 말했다.

"어디 남자가 없어 구태여 원수를 따르려 하시나이까? 공자는 시중의 골육(骨肉)이니 제가 데리고 나가겠나이

---

25) 빙폐(聘幣) : 공경하는 뜻으로 보내는 예물 혹은 혼인 때 주는 예물.
26) 시비(侍婢) : 곁에서 시중드는 여자 종.

다."

이 말을 들은 한씨가 통곡하며 원수 갚을 계획을 말하자 계향이 말했다.

"그렇다면 삼가 행하소서."

이럭저럭 시간이 흘러 혼삿날이 되자 한씨는 술과 안주를 준비한 뒤 계향을 불러 미리 장만해 둔 독약을 주며 오세신의 술에 약을 타라 말했다. 그리고 내외[27]를 구분해 자리를 마련하고 혼례에 필요한 물건들을 차려 놓고는 아무 일 없는 듯이 태연하게 웃고 있으니, 그동안 한씨를 숙녀라 칭찬하던 마을 사람들은 한씨의 행동을 매우 이상하게 생각했다.

한편, 오세신이 새 옷을 차려입고 한씨의 집으로 향하려 하자 그의 처 진씨(陳氏)가 물었다.

"지금 새 옷을 입고 어디로 가려 하십니까?"

세신이 말했다.

"부인이 아들을 낳았다면 내가 어찌 이런 일을 하겠소?"

그러고는 장 시중을 다스릴 때 한씨를 보고 그 미모와 태도를 흠모해 장 시중을 계교로써 영릉으로 이수[28]해 죽

---

27) 내외(內外) : 남자와 여자.

이고 한씨에게 은혜를 베풀어 재취로 삼게 된 사연을 모두 말했다. 진씨는 현철한 부인인지라 이 말을 듣고 깜짝 놀라 말했다.

"안 됩니다. 죄 없는 사람을 죽이고 그 아내를 빼앗는 것은 사람이 행치 못할 일입니다."

세신이 화를 내며 말했다.

"연로한 부인이 한씨를 시기하는 것이오?"

진씨가 말했다.

"일이 불가함을 이르는 것이지 어찌 투기하겠나이까? 이 일에 분명 후환이 따를 것이니 가지 마소서."

이 말을 들은 오세신은 매우 화가 나 진씨를 뿌리치며 말했다.

"좋은 일에 부인이 복 없는 말을 하는구려."

그러고는 바삐 혼인집으로 향했다. 한씨의 집에 도착해 내당에 들어가니 앉을 자리가 마련되어 있었는데 가운데에는 주렴29)이 드리워져 있었다. 주렴 너머에 앉아 있던 한씨가 오 태수에게 전하라며 계향에게 말했다.

---

28) 이수(移囚) : 죄인을 다른 곳으로 옮김.

29) 주렴(珠簾) : 구슬로 꿰어 만든 발.

"첩의 팔자가 기구해 삼종지탁30)이 없었습니다. 그런데 태수께서 은혜를 베풀어 거두고자 하시니 부득이 이런 거조31)를 행하나 몸에는 상복을 입었고 이 집은 죽은 남편의 집입니다. 따라서 색옷을 입지 못하니 혼례를 치를 수 없습니다. 그러나 이미 몸을 허락했으니 오늘은 권도로써 자리를 따로 해 술잔을 들어 주객(主客)의 예를 행하고 이 집을 떠나는 날 신부의 옷으로 바꾸어 입겠나이다."

주렴 너머로 아름답고도 도도한 목소리를 들은 세신은 한씨가 더욱 사랑스럽게 느껴져 말했다.

"부인이 원하는 대로 하시오. 그러나 이미 부인이 내게 몸을 허락했으니 내외하는 것은 불가하오. 그러니 주렴은 부디 거두시오."

이 말을 들은 한씨가 다시 말을 전했다.

"첩이 부득이 절개를 굽혔으나 밝은 날 얼굴을 들어 상대하는 것이 부끄러워 주렴을 드리운 것입니다. 그러니

---

30) 삼종지탁(三從之托) : 《예기》 '의례(儀禮)'의 〈상복전(喪服傳)〉에 나오는 말로 여자가 따라야 할 세 가지 도리. 즉 어려서는 아버지를, 결혼해서는 남편을, 남편이 죽은 후에는 자식을 따라야 함을 말한다.
31) 거조(擧措) : 어떤 일이나 상황 따위를 대하는 마음가짐이나 행동거지 등을 말함.

군자32)는 강요치 마소서."

한씨의 말을 들은 세신은 내심 서운했으나 행여 한씨가 화를 낼까 두려워 그저 자리에 앉아 있었다. 한씨가 계향을 불러 상을 들이고 커다란 잔에 술을 부어 오라 명하자 계향은 세신에게 상을 올린 뒤 술을 부어 먼저 한씨에게 주었다. 그러자 한씨는 그 술을 받아서 마신 뒤 다시 술을 부어 세신에게 전했다. 세신은 황급하게 술잔을 받아 마셨는데 주는 대로 석 잔을 모두 비우고 의기양양해 또 한 잔을 받아 마시니 마침내 정신이 혼미해져 말을 하지 못할 정도가 되었다. 이 모습을 본 한씨는 계향을 불러 세신을 부축해 내당에 눕혔다. 그러고는 태수의 명이라며 태수를 따라온 하인에게 분부하기를,

"3일 후 관아로 돌아갈 것이니 그때 부인을 모시고 갈 준비를 해 대령하라."

하니 하인은 명을 듣고 제집으로 돌아갔다.

날이 저물자 한씨는 계향을 내당으로 보내 오세신을 살폈는데 그는 이미 죽은 지 오래였다. 이 말을 들은 한씨

---

32) 군자(君子) : 학식과 덕행이 높은 사람이나 예전에 아내가 자기 남편을 일컫던 말.

는 손에 칼을 들고 내당에 들어가 세신의 사지를 자르고 간(肝)을 꺼내 장 시중의 영위33) 앞에 놓았다. 그러고는 직접 제문34)을 지어 제사했으니 그 내용은 다음과 같았다.

 박명한 첩 한씨는 한 점 간으로써 상공 영위에 고합니다. 첩은 어려서 상공 가문에 들어와 시부모님의 성덕을 입사와 흠 없는 세월을 보냈습니다. 그런데 시부모님께서 돌아가시고 국운이 불행해 나라가 바뀌었으니 어찌 망극지 않으리오? 또 간적 오세신이 상공에게 해코지하려 하자 첩이 상공을 구하고자 했으나 그것이 도리어 불 위에 기름을 부은 것이 될 줄 어찌 알았으리오? 첩은 본래 즉시 죽어 상공의 뒤를 따르려 했으나 상공의 부탁을 저버리지 못해 목숨을 보전하고 원수를 갚고자 했나이다. 이제 계교로써 복수하고 원수의 간을 내어 제하나니 상공의 밝은 혼백은 첩의 정성을 살피소서.35)

---

33) 영위(靈位) : 상가(喪家)에서 모시는 혼백이나 가주(假主)의 신위.
34) 제문(祭文) : 죽은 사람에게 조의를 표하는 글.
35) 한씨가 쓴 제문의 내용은 경판본에 나타나지 않아 활자본의 내용

제사를 마친 뒤 한씨가 계향을 불러 말했다.

"내가 이제 상공의 원수를 갚았으니 죽어도 여한이 없다. 우리 혈육은 이 아이뿐이다. 너에게 부탁하나니 내가 죽은 후 잘 보호해 장씨 후사를 잇게 한다면 죽어서라도 은혜를 갚을 것이다."

계향이 울며 말했다.

"부인이 이미 원수를 갚았거늘 어찌 죽고자 하시나이까?"

한씨가 말했다.

"내가 오세신을 죽인 것을 그 가족들이 안다면 반드시 원수를 갚으려 할 것이니 난처해질 것이다. 또 내가 살기를 바라고 달아나다가 잡힌다면 몸에 욕이 가볍지 않을 것이니, 내 손으로 죽어 좋은 귀신이 되리라."

계향이 울며 말했다.

"저와 함께 달아나 화를 면하기를 바라나이다."

이때 영이 두 사람의 말을 듣고 울며 말했다.

"모친께서는 소자를 버리고 어디로 가려 하십니까? 저

을 요약해 제시했다.

도 어머니와 함께 죽겠나이다."

그러고는 발을 구르며 슬피 우니 이 모습을 본 한씨가 차마 죽지 못하고 계향에게 말했다.

"상공이 영릉 옥중에 계실 때 금병산으로 가라고 말씀하셨으니 아무래도 그리 가자꾸나."

한씨는 몸에 지닐 수 있는 가벼운 패물들을 챙기고 계향에게 영을 업혀 서쪽으로 향했다.

한편, 남편을 혼인집으로 보낸 진씨는 갑자기 심신이 떨려 오는 것을 느꼈다. 그리고 그날 밤 꿈에 한 사람이 태수의 머리를 뜯어먹는 것을 보고 깜짝 놀라 잠에서 깨어나 가슴을 두드리고 통곡하며 말했다.

"태수가 화를 당했구나."

그러고는 급히 하인을 불러 물으니 하인이 아뢰었다.

"어제 태수께서 혼례를 치른 후 3일 뒤 돌아갈 것이니, 그날 한 부인 데려갈 준비를 해 대령하라 분부하더이다."

이 말을 들은 진씨가 생각했다.

'내가 걱정을 과하게 해 이런 꿈을 꾼 것인가?'

이에 진씨는 3일 후 하인을 한씨의 집으로 보냈다. 그런데 하인들이 한씨의 집 앞에 이르자 주변이 매우 적막해 어디 하나 물을 곳이 없었다. 그래서 이리저리 주변을 돌아다녔는데 한쪽에서 개와 돼지가 무언가를 다투어 뜯어

먹고 있었다. 자세히 보니 그것은 사람의 다리였다. 이를 본 하인들이 놀랍고도 의심스러운 마음이 들어 내당으로 들어갔다. 그곳에는 사람의 시체가 있었는데 사지와 머리는 없었고 배는 갈라져 있었다. 또한 주변을 살펴보니 탁상 위에 두 눈은 노끈으로 꿰었고 가운데 칼이 박힌 머리가 놓여 있었는데 그것은 바로 오 태수의 머리였다. 하인들이 깜짝 놀라 흩어져 사지를 모았으나 결국 두 팔을 찾지 못하고 남아 있는 신체 부위만을 싸서 관아로 돌아왔다. 이 소식을 들은 진씨는 그 자리에서 기절해 쓰러졌다. 잠시 후 겨우 정신을 차린 진씨는 남편의 참혹한 모습을 보고는 더욱 슬퍼 통곡하며 초상을 치렀다. 그러고는 한씨를 잡으면 천금을 상으로 주겠다고 하인들을 독려했다. 그러자 이들 중 백여 명이 자원해 한씨를 찾아 사방으로 흩어졌다.

이때 한씨는 계향과 함께 오 태수의 집에서 보낸 사람들의 추적을 피해 큰길을 버리고 작은 길로 도망하고 있었는데 사면에 초목이 무성해 길을 분별할 수 없어 한 걸음에 세 번씩이나 넘어졌다. 그러나 계향을 붙들고 종일 쉬지 않고 걸었더니 어느새 인적은 사라졌고, 큰 고개를 넘었더니 앞에는 태산이 하늘에 닿아 있고 붉은 해는 서산(西山)에 걸려 있었다. 한씨와 계향이 죽을힘을 다해 그

산을 넘었을 때는 이미 삼경[36]이었다. 발은 부르트고 기운이 모두 빠져 더 이상 움직일 수 없자 두 사람은 서로를 붙잡고 눈물을 흘렸다. 그때 문득 건너편 언덕에서 불빛이 빛나며 사람들의 목소리가 들려왔다. 한씨와 계향은 반가운 마음에 서로를 붙들고 불이 있는 곳으로 향했다. 그런데 불빛이 점점 가까워져 자세히 살펴보니 장정(壯丁) 수십 명이 병기를 들고 달려오는 것이었다. 한씨는 도적인가 싶어 겁이 났으나 기운이 빠져 피할 수 없자 계향에게 말했다.

"이제 나는 하릴없이 죽을 것이니 너는 공자를 데리고 급히 피하거라."

말을 마친 한씨가 봉채[37]를 꺾어 둘로 나눈 뒤 하나를 영에게 채우고 이별하자 계향은 어쩔 수 없어 영을 업고 수풀로 숨어 버렸다. 잠시 후 장정들이 다가왔는데 그들 중 한 명이 한씨를 알아보고 말했다.

"이 부인이 우리 태수를 죽인 부인이다."

---

36) 삼경(三更) : 하룻밤을 오경(五更)으로 나눈 셋째 부분. 밤 11시에서 새벽 1시 사이를 가리킨다.

37) 봉채(鳳釵) : 봉황의 모양을 대가리에 새긴 큼직한 비녀.

이 말을 들은 장정들이 한씨를 결박해 말에 싣자 한씨는 조금도 두려워하는 빛이 없이 크게 탄식하며 말했다.

"내가 남편을 위해 원수를 갚고 자결하는 것이 옳거늘 자식을 위해 살기를 도모하다 이 지경을 당하니 누구를 원망하리오?"

한씨를 데리고 50리쯤 길을 가던 장정들은 잠시 쉬어 가기로 하고 길가에 앉았다. 이 중에 김함이라는 놈이 있었는데 한씨의 미모를 본 김함은 흠모하는 마음이 들어 다른 장정들 몰래 한씨에게 다가가 묶은 줄을 푼 뒤 고운 손을 잡으며 말했다.

"부인이 지금 가면 죽을 것이니 나와 사는 것이 어떠한가?"

깜짝 놀란 한씨는 급히 손을 빼 김함의 칼을 빼앗아 들고 큰소리로 욕하며 말했다.

"네가 감히 나를 욕보이는 것이냐? 죽어도 이 손을 그냥 두지 않으리라."

그러고는 김함에게 잡혔던 손을 베어 던지고 목을 찔러 자결하려 하니 놀란 장정들이 한씨의 손에서 칼을 빼앗고 말했다.

"이 부인이 참로로 정렬부인[38]이다! 천금에 눈이 멀어 이런 사람을 잡아다가 해를 입힌다면 반드시 우리가 천벌을 받을 것이다."

장정들은 한씨에게 사죄하고 모두 물러갔다. 잠시 후 한씨가 정신을 차리고 생각했다.

'이제 영과 계향을 잃어버렸으니 내가 살아 무엇 하리오?'

그때 문득 구름이 걸려 있는 산꼭대기로부터 두 선녀가 내려와 공손하게 인사했다. 한씨가 답례하고 살펴보니 한 선녀는 옥으로 만든 호리병을 들고 있었고 다른 선녀는 이슬 같은 차가 담긴 유리잔을 들고 있었다. 선녀가 잔을 권하자 한씨가 물었다.

"그대들은 어디서 오셨기에 죽어 가는 사람을 구하십니까?"

선녀가 말했다.

"우리 주공[39]께서 보내셨습니다."

한씨가 물었다.

"그대들의 주공은 누구시며 어디에 계십니까?"

---

38) 정렬부인(貞烈夫人) : 조선 시대에 정조와 지조를 굳게 지킨 부인에게 내리던 칭호.

39) 주공(主公) : 주인을 높여 이르는 말.

선녀가 답했다.

"우리 주공은 정군산(定軍山) 신령(神靈)이십니다."

한씨가 말했다.

"구하시려는 뜻은 감사하오나 남편이 죽고 자식마저 잃었사오니 무엇을 위해 음식을 먹고 살기를 원하겠습니까?"

선녀가 말했다.

"이것은 모두 하늘이 정한 운수입니다. 15년 후면 모자가 상봉해 부귀를 누릴 것이니 망령되게 천명(天命)을 거역하지 마세요."

말을 마친 선녀는 한씨가 베어 버린 손목을 주어 한씨의 팔에 붙인 뒤 호리병에서 단약[40]을 꺼내 바른 후 다시 차를 권했다. 한씨가 마지못해 차를 받아 마시자 순간 정신이 상쾌해지고 베인 손목이 아프지 않았다. 선녀가 말했다.

"여기서 동쪽으로 10리만 가면 자연 구할 사람이 있을 것입니다."

그러고는 문득 사라져 간 곳을 알 수 없었다. 차를 마신 뒤 정신은 맑아졌으나 한씨는 젊은 계집이 길에서 방황하

---

40) 단약(丹藥) : 신선이 만든다고 하는 장생불사의 영약.

다가 욕을 보기 쉬우니 차라리 죽는 것이 옳다는 생각이 들었다. 그래서 비단 수건으로 목매려 했는데 이때 문득 한 사람이 지나가며 말했다.

"그대의 정성에 감동해 밤새도록 길을 인도했는데 어찌 이리 고집스럽게 죽으려 하십니까?"

한씨가 놀라 자세히 보니 이 사람은 분명 죽은 장 시중이었다. 반가운 마음에 다가가 여러 말을 물으려 하자 시중이 다시 말했다.

"영이는 염려하지 말고 동쪽으로 가시오. 그리하면 머물 곳이 있을 것이오."

그러고는 순식간에 간 데를 알 수 없으니 한씨가 통곡하며 말했다.

"시중의 혼백이 나를 인도하시는구나."

이후 한씨는 동쪽으로 향했는데 문득 바람이 불며 풍경[41] 소리가 들려와 소리가 나는 쪽으로 갔더니 길가에 '제인사'라는 글자가 새겨진 현판이 걸려 있는 큰 누각(樓閣)이 보였다. 한씨가 잠깐 쉬어 가려고 누각 아래로 다가서자 여러 여승(女僧)이 다가와 합장하며 말했다.

---

41) 풍경(風磬) : 처마 끝에 다는 작은 종.

"부인은 어떻게 이곳에 오셨습니까?"

한씨가 답했다.

"저는 혈혈단신으로 의지할 곳이 없어 귀(貴) 암자를 찾아왔나이다."

여승들은 한씨의 미모와 덕스러운 행동에 놀라 한씨를 절 안으로 인도해 너그럽게 대접했다. 그러고는 한씨의 생각을 물었는데 한씨가 중이 되기를 원한다고 말하자 모두가 기뻐하며 환영했다.

한편, 영을 업고 풀숲에 숨어 있던 계향은 한씨가 장정들에게 잡혀가는 것을 보고 통곡하다가 날이 밝자 다시 정처 없이 길을 떠났다. 그러던 중 소나무 아래 앉아 있는 한 노인을 보았는데 노인이 막대로 땅을 두드리며 노래했다.

청산(靑山)은 첩첩하고 골짜기에서 흐르는 물은 잔잔하도다.
근심은 헝클어진 실과 같고 시름은 흐르는 물과 같도다.

노래를 마친 노인이 하늘 끝을 바라보자 그 모습을 본 계향이 생각했다.

'이는 평범한 사람이 아니로다.'

그래서 노인에게 다가가 절하며 말했다.

"집도 없고 의지할 곳도 없어 정처 없이 다니다가 길을 잃었사오니 선생께서 길을 가르쳐 주시길 바라나이다."

이 말을 들은 노인이 계향이 오던 길을 가리키며 말했다.

"서쪽으로 50리만 가면 남양 땅이다. 그곳 태수 오세신이 너그럽고 착해 어려운 사람을 구제할 것이니 그리로 가거라."

노인의 말에 계향이 말했다.

"이는 빈말이로소이다."

노옹이 돌아앉으며 말했다.

"너도 나를 속이는데 난들 너를 속이지 않겠느냐? 한씨가 오세신을 죽였으니 남양으로 간들 누가 널 구하겠느냐?"

이 말을 들은 계향은 더 이상 숨기지 못할 줄 알고 노인에게 그간의 일들을 모두 말했다. 그러자 노옹은 비로소 얼굴을 풀며 금처럼 빛나는 환약 두 개를 주었다. 환약을 하나씩 나누어 먹은 계향과 영은 배는 부르지 않았으나 몸이 매우 가벼워지는 것을 느꼈다. 이 모습을 본 노옹이 묻기를,

"네가 나를 따라올 수 있겠느냐?"

하고는 짚고 있던 막대를 주며 또 말했다.

"이것을 짚고 나를 따라오너라."

계향은 영을 업은 채로 막대를 짚고 노옹의 뒤를 따랐는데 몸이 나는 듯했다. 한 곳에 이르자 노옹이 한 산을 가리키며 말했다.

"저 산 이름은 금병산이니 네가 있던 곳에서 1천 3백 리 떨어져 있다. 저곳에 구할 사람이 있을 것이니 그리 가거라."

그러고는 막대를 돌려 달라 하자 계향이 말했다.

"선생의 존함을 듣고자 하나이다."

이에 노옹이 말하기를,

"나는 금병산 노선(老仙)이다."

하고는 곧 사라져 버렸다.

계향이 금병산을 바라보니 꽃을 수놓은 병풍을 두른 것 같았다. 산 아래에 도착하자 매우 정결한 집 한 채가 있었는데 문밖에서 한 여자아이가 쳐다보고 들어가더니 곧 한 노인이 나와 물었다.

"너는 누구이며 업고 있는 아이는 뉘 집 공자냐?"

계향이 답했다.

"저는 남양 사람이며 이 아이는 제 자식입니다."

노인이 정색하며 말했다.

"너는 나를 속이지 마라. 이 아이의 관상을 보니 분명

천한 태생이 아니로다."

계향이 숨길 수 없음을 알고 절하며 말했다.

"저는 명환[42]의 시비입니다. 주인 부부가 모두 세상을 떠나 의탁할 곳이 없어 작은 주인을 업고 사방으로 다니고 있나이다."

그제야 노인은 머리를 끄덕이며 계향을 데리고 집으로 들어갔다. 내당에 들어서니 한 부인이 있었는데 영을 보자 다가와 어루만지며 계향에게 말했다.

"이 아이가 비범하나 부모가 없다고 하니 가련하구나. 나는 젊은 나이에 과부가 되어 자식이 없다. 이 아이를 자식으로 삼고자 하는데 네 생각은 어떠하냐?"

계향이 말했다.

"그것이야말로 제가 원하는 것입니다."

두 사람의 말을 듣고 있던 노인이 말했다.

"누님께서 잘 생각하셨습니다. 이 아이가 훗날 귀하게 될 것이니 잘 기르소서."

이 노인은 원래 송나라에서 어사 벼슬을 하던 원귀라는 자이고, 그 누이는 송나라에서 태부[43]를 지낸 왕침의

---

42) 명환(名宦) : 중요한 자리에 있는 벼슬아치.

아내로 일찍 과부가 되어 의지할 곳이 없어 원 어사와 함께 지내고 있었다. 원 부인이 계향에게 말했다.

"아이의 근본을 숨기지 말고 바른대로 고하라."

이 말을 들은 계향이 전후 사정을 낱낱이 고하자 어사가 한탄하며 말했다.

"장 시중은 절친한 나의 벗이다. 몇 년 전 이 고을의 수령44)으로 있을 때 밤낮으로 만나 친하게 지냈는데 그 자식이 오늘날 이렇게 올 줄을 어찌 생각이나 했겠느냐?"

한편, 하인들을 풀어 한씨의 종적을 찾던 진씨는 한씨를 잡지 못하자 마음속으로 말했다.

'나와 한씨는 모두 같은 계집이다. 한씨가 지아비의 원수를 갚았으니 난들 어찌 태수의 원수를 갚지 못하겠는가?'

그러고는 한씨가 살던 마을의 이름을 '아내가 남편을 죽인 마을'이라는 뜻을 담아 '시부촌(弑夫村)'이라고 바꾼 뒤 한씨의 허물을 지어내어 격문45)을 썼으니 그 내용은

---

43) 태부(太傅) : 중국에서 태사(太師)·태보(太保)와 함께 삼사(三師)라 불린 관직. 이들은 실권은 없었으나 천자의 스승 역할을 한 까닭에 여러 신하 가운데 단연 최고직이라 할 수 있었다.

44) 수령(守令) : 각 고을을 맡아 다스리던 지방관. 원(員)이라고도 한다.

다음과 같았다.

내가 들으니 오륜(五倫) 가운데 부부가 중하다 했다. 그런데 접때 한씨는 오 태수를 유인해 육례46)를 치르고 태수의 나이가 많은 것을 꺼려 독살하고 도주했으니 이는 인륜의 큰 변고라! 한씨를 잡는 자가 있으면 상으로 천금을 주리라.

진씨는 격문을 사방에 배포한 뒤 제법 많은 패물을 챙겨 노복들을 데리고 정처 없이 한씨를 찾아다녔다. 그러나 머지않아 길에서 화적을 만나 노복과 재물을 모두 잃었다. 이에 홀로 다니다가 한 곳에 이르렀는데 큰 강이 있으나 탈 배가 없어 물가에 주저앉아 울며 말하기를,

"내가 남편의 원수를 갚으려고 각처로 다니다가 재물과 노복을 모두 잃고 혈혈단신이 되었으니 장차 어디로 가

---

45) 격문(檄文) : 일반에 널리 알려 부추기기 위해 쓴 글.

46) 육례(六禮) : 우리나라에서 전통적으로 내려오는 여섯 가지 혼인 예법. 납채(納采)·문명(問名)·납길(納吉)·납폐(納幣)·청기(請期)·친영(親迎)을 이른다.

리오? 속절없이 이곳에서 강을 만났으니 밝으신 하늘은 살피소서."

하고는 물속으로 뛰어들려는데 불현듯 한 목동이 다가오며 말했다.

"접때도 어떤 부인이 여기서 울더니 부인은 또 무슨 일로 우는고?"

이 말을 들은 진씨가 놀라 물었다.

"어떤 부인이 여기에 와 울었으며 어디로 갔느냐?"

목동이 답했다.

"저 건너편 산골로 들어가더이다."

진씨는 그 부인이 혹시 한씨가 아닐까 싶어 울음을 그치고 목동이 가리키는 산을 찾아갔다. 그곳에는 큰 절이 있었는데 사람들에게 물으니 그 산의 이름은 정군산이고 절은 제인사라 했다. 진씨는 그 절로 들어갔다. 이때 한씨는 이미 머리를 깎고 승려가 되어 '설원(雪冤)'47)이라는 법명으로 살고 있었다. 그리고 이날 마침 누각 아래 앉아 있는 한 여자를 보았는데 비록 의상은 남루했으나 남다른 기

---

47) 설원(雪冤) : 원통함을 풀어 없앴다는 뜻. 여기서는 한씨가 오세신을 죽여 남편의 원수를 갚은 사실을 반영한 법명으로 사용되었다.

상이 있어 다가가 물었다.

"그대는 뉘시길래 이렇게 깊은 산중에 들어왔나이까?"

진씨가 말했다.

"첩이 팔자가 사나워 남편은 죽고 의지할 자식조차 없어 익주(益州) 땅으로 가고 있었는데, 사람들이 이곳에 승당[48]이 있다고 하여 잠시 구경하고자 왔나이다."

이 말을 들은 한씨는 진씨를 딱하게 여겨 절 안으로 데리고 들어가 너그럽게 대접하며 머물다 가기를 권하고 담소를 나누었다. 그런데 잠시 후 한 여승이 종이 한 장을 가지고 들어와 한씨에게 전했으니 이것은 진씨가 쓴 격문이었다. 글을 본 한씨가 종이를 땅에 던지며 말했다.

"진씨가 제 남편 그른 줄은 모르고 어진 사람을 모함했구나!"

진씨가 말했다.

"계집이 지아비를 죽인 죄는 강상[49]의 큰 변고가 맞거늘 무슨 까닭으로 모함이라 하십니까?"

---

48) 승당(僧堂) : 승려들이 거처하는 공간.

49) 강상(綱常) : 삼강(三綱)과 오상(五常)을 아우르는 말로 사람이 지켜야 할 도리.

한씨가 말했다.

"내가 그 여자의 일을 조금 압니다. 오세신이 죄 없는 장 시중을 죽이고 그 아내 한씨를 빼앗으려 했으니 어찌 하늘과 귀신이 용납하겠습니까? 남편의 원수를 갚은 것은 참으로 열녀나 할 수 있는 일입니다. 어찌 시부지죄[50]를 씌우리오?"

진씨가 말했다.

"그렇지 않습니다. 육례를 행했으면 부부가 된 것이 맞거늘 부부가 된 후 독약을 먹여 그 사지를 잘라 죽였으니 어찌 남편 죽인 죄를 면하겠습니까?"

한씨가 말했다.

"말은 육례를 행했다 하나 한씨의 본심은 금석과도 같았고 또한 실제 부부의 예를 행하지 않았으니 무슨 혐의가 있으리오? 그건 그렇고 남의 말하는 것이 부질없으나 남편에 대한 진씨의 정성만큼은 참으로 가련하고도 아름답습니다."

이 말을 들은 진씨가 눈물을 머금고 말했다.

"내가 바로 오 태수의 처 진씨입니다. 남편이 비록 불인

---

50) 시부지죄(弑父之罪): 남편을 살해한 죄.

하나 아내 되어 어찌 원수를 갚지 않겠습니까? 천하를 돌아다니며 한씨를 찾아 복수하려 했으나 길에서 도적을 만나 재물과 노복을 모두 잃고 도와주는 사람 없이 홀로 고생하다가 여기까지 왔습니다. 이제 더 이상 어찌할 도리가 없으니 스님의 제자가 되어 의지하고자 하오니 받아 주소서."

한씨가 이 말을 듣고 놀라며 말했다.

"원래 부인에게 그런 사정이 있었구려. 어찌 됐든 한씨를 만난다면 여전히 죽이실 생각입니까?"

진씨가 답했다.

"만일 한씨를 만난다면 어찌 용서하리까?"

한씨는 모골이 송연[51]해져 말했다.

"부인이 이곳에 머물러 득 될 것이 없으니 남양으로 가 원수를 갚으세요."

이 말에 진씨가 말하기를,

"한씨가 아직 남양에 있을 리 없고 또 여자가 어린 노비 하나 없이 어떻게 길을 떠나겠습니까? 스님께 의탁하고자

---

51) 모골송연(毛骨悚然) : 아주 끔직한 일을 당하거나 볼 때, 두려워 몸이나 털이 곤두선다는 말.

하니 물리치지 마소서."

하며 간청하자 한씨가 헤아리기를,

'남편 위하는 마음이야 누군들 다르겠는가? 비록 여기서 머문다 해도 나를 모를 것이다.'

하고는 곧 진씨의 머리를 삭발했다.

하루는 원 어사가 영을 곁에 앉히고 계향에게 영의 생일을 물으니 계향이 답했다.

"5월 초이레 해시[52]입니다."

이에 원 어사가 말하기를,

"딸아이와 생일이 같구나."

하고는 소저[53]를 데려오라 했다. 계향이 소저를 보니 이 집에 처음 왔을 때 문밖에 서 있던 아이였다. 소저는 어사의 부인 박씨(朴氏)가 뒤늦게 기이한 꿈을 꾸고 낳은 아이로 이름은 설매(雪梅)이고, 자는 강선이었으며 어사 부부의 비할 데 없는 사랑을 받고 있었다. 이날 원 어사가 설매와 영을 나란히 앉혀 놓고 보니 두 아이가 모두 뛰어나

---

52) 해시(亥時) : 십이시(十二時)의 열두째 시. 오후 9시에서 새벽 1시 사이를 가리킨다.

53) 소저(小姐) : 아가씨를 한문 투로 이르는 말.

기쁨을 감출 수 없었다. 이 모습을 본 원 부인이 원 어사에게 말했다.

"영에게 글을 가르치라."

원 어사가 응낙하고 《소학》[54]을 가르쳤는데 영이 남달리 총명하자 기특하게 여겨 설매와 함께 글을 가르쳤고 이후 두 아이는 배움을 다투었다. 그러던 하루는 영이 갑자기 책을 가지고 자리를 옮겨 앉아 글을 읽었다. 원 어사가 그 까닭을 물으니 영이 답했다.

"《소학》에 이르기를 '남녀가 일곱 살이 되면 같은 자리에 앉지 않는다' 했사오니 소저와 나란히 앉기가 미안해 피한 것입니다."

원 어사가 영을 더욱 기특하게 여기며 말했다.

"설매와 너는 남매와 다르지 않으니 어찌 꺼릴 것이 있겠느냐?"

하루는 영이 설매와 함께 후원(後園)에서 화초를 구경하고 있었는데 설매가 먼저 시를 지어 읊었다.

---

54) 《소학(小學)》: 중국 송나라의 대학자인 주자(朱子)의 제자가 그의 지시에 따라 편찬한 책. 8세 안팎의 어린아이들 또는 유교 입문자에게 초보적인 유교 학문을 가르치기 위해 만든 수신서(修身書)다.

꽃이 화원에서 웃으며 꾀꼬리 노래하니
동풍에 벌과 나비가 춤추는구나.

영이 차운[55]해 다음과 같이 시를 지었다.

온갖 꽃이 아름다운 빛을 다투나 하룻밤 광풍에 흩날리는구나.
이 몸이 변해 나비 되어 한겨울 '눈 내린 매화[雪梅]'를 찾아가리라.

영이 쓴 시를 본 설매는 얼굴이 빨개져 집으로 들어갔다. 이적에 원 부인이 갑자기 병들어 날로 위중해지자 영은 근심해 의대[56]를 풀지 않고 마음가짐을 바르게 하며 삼가 조심스럽게 행동했다. 그러던 중 하루는 영이 뒷간에 간 사이에 원 부인이 원 어사를 불러 말했다.

---

55) 차운(次韻) : 한시(漢詩)에서 남이 지은 시의 운자(韻字)를 따서 시를 짓는 것.
56) 의대(衣帶) : 옷과 띠를 말하는 것으로 갖추어 입은 옷차림을 말함.

"내 병세가 이렇듯 차도가 없으니 마음에 품고 있는 말을 이르고자 한다. 내가 영을 사랑해 저와 같은 짝을 얻어 재미를 보고자 했다. 영이 비록 내 골육은 아니나 효성이 지극하니 나의 후사는 염려가 없을 것이다. 또 현제57)가 질녀58)를 위해 사위를 구한다 해도 영이보다 더 나은 자는 없을 것이니 이 둘을 혼인시킨다면 내가 죽더라도 혼백이 의탁할 곳이 분명할 것이다."

어사가 말했다.

"누님의 병세는 일시 감기로, 비록 오래 낫지 않으나 생사를 걱정할 정도는 아닙니다. 또한 영은 참으로 딸아이의 배필입니다. 그러나 영의 부친은 오세신에게 죽고 모친은 그의 처 진씨에게 죽었습니다. 또한 이들이 흉악한 마음을 갖고 그 뿌리마저 없애려 할 것이니 저는 다만 후환이 두려울 뿐입니다."

이 말을 들은 원 부인이 말하기를,

"우리 입으로 말하기 전에는 아무도 알 수 없을 것이니 동생은 호의59)치 말고 내 말을 따르라."

---

57) 현제(賢弟) : 아우를 높여 이르는 말.
58) 질녀(姪女) : 조카딸.

하니 어사가 허락했다. 이때 뒷간에 갔다 돌아오던 영은 부인 남매의 말을 듣고 놀랍고도 의심스러운 마음이 들어 이후 원 부인이 쾌차하자 조용한 때를 타 계향에게 물었다.

"원 부인이 내 친모가 아니시고 또 내 부모가 남의 손에 죽었다 하니 그 말이 맞느냐? 유모는 숨기지 말고 바른대로 고하라."

계향이 울며 말했다.

"공자께서 이미 알았으니 어찌 숨기리오?"

그러고는 지금까지 있었던 일들을 하나도 빠짐없이 말하자 영이 듣고 눈물을 흘리며 말했다.

"유모가 아니면 내가 이 사실을 어찌 알리오? 나는 이제 고향인 남양으로 가 부친의 산소를 찾고 모친의 생사를 확인한 뒤 영릉태수 진한과 오세신의 처인 진씨를 죽여 원수를 갚을 것이다. 그리하고도 살아 있으면 돌아와서 양어머니를 섬길 것이니 이 말을 부인께 아뢰어라."

말을 마친 영이 바로 남양으로 떠나려 하자 계향이 만

---

59) 호의(狐疑) : 여우가 의심이 많다는 뜻으로 매사에 지나치게 의심함을 이르는 말.

류하며 말했다.

"공자의 나이가 어리니 어떻게 혼자 가며 원 부인이 양육하신 은혜가 태산과도 같은데 어찌 인사도 안 하고 가려 하십니까?"

영은 계향의 말이 옳다고 생각했으나 차마 원 부인에게 가지 못하고 주저하고 있었다. 그런데 마침 뜰 앞에 있는 오동나무 위에서 까막까치가 벌레를 물어 그 어미에게 먹이는 것을 보자 자기도 모르게 눈물을 흘리며 탄식하며 말했다.

"나는 사람인데 저 짐승만 못하구나."

이때 원 부인이 영이 오랫동안 자리를 비우자 이상히 여겨 찾아 나섰다가 이 말을 듣고 놀라 물었다.

"영아, 네가 무슨 일로 이렇게 슬퍼하느냐?"

영이 엎드려 울면서 말했다.

"유모의 말을 들으니 소자의 부모가 남의 손에 죽었다 하옵니다. 소자 고향에 가 부모의 흔적을 찾고 원수를 갚은 뒤 돌아와 어머니를 봉양하겠나이다."

이 말을 들은 원 부인은 영이 애처로워 눈물을 떨구고 말했다.

"부모의 원수를 갚는 것이 사람의 도리이나 네가 열 살 어린아이로 어찌 원수를 갚겠느냐?"

영이 말했다.

"모를 때는 하릴없으나 알고서야 어찌 한시인들 참을 수 있겠나이까?"

부인이 여러 말로 타이르자 이후 영은 식음을 전폐하고 탄식하며 눈물만 흘렸다. 그러던 하루는 계향에게 말했다.

"어머니께서 허락하지 않으시니 부득이하게 인사를 못 드리고 가겠구나. 그러니 내가 나간 후 잘 말씀드리거라. 또한 내가 홀로 떠나니 만약 힘이 미치지 못하거든 즉시 돌아와 다시 도모할 것이니 너무 염려하지 말라."

영이 떠난다는 말을 들은 계향은 별 수 없어 원 부인께 이 일을 고했다. 그러자 원 부인이 영을 불러 말하기를,

"네가 꼭 가려 한다면 말리지는 않겠다. 그러나 만일 일이 여의치 못해 늦게 돌아온다면 늙고 병든 몸이 너를 보지 못할까 싶구나."

하며 슬퍼하니 영이 위로하며 말했다.

"3년 안에 돌아올 것이니 어머니는 과도하게 염려하지 마소서."

원 부인은 여러 번 신속히 돌아올 것을 당부한 뒤 필요한 물건과 패물들을 싸 주고 건장한 노복 10여 명을 뽑아 영을 따르게 했다. 영이 원 부인께 하직하고 행리[60]를 챙

기고 있었는데 원 어사가 술상을 준비해 전별하며 은자 백 냥을 준 뒤 말했다.

"처음 네가 이 집에 왔을 때 옛 친구의 자식이라 측은한 마음이 지극했다. 또 숙부와 조카의 정을 맺은 후에는 아끼고 사랑하는 것이 친자식과 같았는데 이제 어린아이가 원통함을 품고 위태로운 일을 행하려 하니 어찌 서운하고 애처롭지 않겠느냐?"

그러고는 고개를 돌려 설매를 보며 말했다.

"영이 이제 먼 길을 떠나려 하는데 어찌 작별 인사를 하지 않느냐?"

설매가 부끄러워하며 술을 따라 영에게 권하며 말했.

"먼 길에 천금같이 귀한 몸을 잘 보중하소서."

영이 잔을 받고 감사하며 말했다.

"이제 먼 길을 떠나 작별하게 되었으니 마음이 슬퍼집니다. 바라건대 소저는 양친을 효심으로 봉양하고 고모님을 위로하며 꼭 몸을 보중하시길 바랍니다."

그러고는 원 부인 무릎에 엎드려 다시 한번 하직한 후 말에 올라 길을 떠났는데, 계향이 10리 밖에 나와 작별 인

---

60) 행리(行李) : 여행할 때 쓰는 물건과 차림.

사를 올리며 말했다.

"남양에서 서쪽으로 백 리만 가면 높은 고개가 있으니 그곳이 부인이 잡혀간 곳입니다."

영이 물었다.

"그곳 이름이 무엇이냐?"

계향이 대답했다.

"그때 한 노인을 만났는데 산 이름이 정군산이라 하더이다."

계향과 이별한 영은 10여 일 만에 한 곳에 도착했는데, 앞에 큰 산이 보이자 노복에게 물었다.

"이 산 이름이 무엇이뇨?"

노복이 답했다.

"정군산입니다."

계향의 말이 떠올라 산으로 올라가던 영은 갈건포의[61]의 노인이 죽장(竹杖)을 짚고 바위 위에 앉아 있는 것을 보고는 말에서 내려 다가가 절했다. 그러자 노인이 눈을 들어 영을 쳐다보며 물었다.

---

61) 갈건포의(葛巾布衣) : 칡으로 만든 두건과 베옷으로 만든 소박하고 거친 옷.

"너는 어떤 아이인데 길이나 갈 것이지 늙은이에게 말을 보채려고 하느냐?"

영은 노인의 비범한 생김새를 보고 더욱 공손하게 말했다.

"소자는 부모가 모두 죽어 의탁할 곳이 없는 인생입니다. 사처를 떠돌다가 이제야 고향에 돌아가 부모의 무덤을 찾고자 하오니 선생께서 길을 가르쳐 주시기를 바라나이다."

노인이 말했다.

"부모의 원수는 갚지 않고 무덤만 찾으러 다니느냐?"

영이 놀라 물었다.

"선생께서 소자의 일을 어떻게 아십니까?"

노인이 말했다.

"내가 어찌 너의 일을 알겠느냐? 다만 7, 8년 전에 아비 죽고 어미 잃은 세 살 된 아이를 보았는데 유모가 업고 갈 곳을 모르기에 불쌍하게 여겨 금병산 원 부인 집으로 지시한 바 있다. 또 그 아이의 어미가 도적에게 잡혔다가 도적이 이곳에 두고 가 아직 살아 있다는 말을 들었을 뿐이다. 그러나 내가 네 일을 어찌 알겠느냐?"

노인의 말을 듣고 깜짝 놀란 영은 노인을 금병산 노선이라고 생각해 모친이 계신 곳을 자세히 물어보려 했다.

그런데 노인은 다음과 같이 노래하며 유유히 수풀 사이로 들어갔다.

청산 높은 곳에 백옥이 잠겼으니
제인사 종소리가 지나가는 이의 마음을 움직이는구나.
헤어진 지 10여 년 오늘에야 만나리로다.[62]

그러고는 문득 간데없으니 영은 물을 곳이 사라져 제자리에서 주저하고 있었다. 그런데 홀연 풍경 소리가 들려오자 혹시 근처에 제인사라는 절이 있는가 싶어 소리 나는 곳으로 걸음을 옮겼다.
이 무렵 진씨는 한씨의 동정을 백방으로 살폈으나 종시 그 근본을 알 수 없어 수상히 여기고 있었다. 그러던 하루는 광주리를 들고 산 아래서 죽순을 캐고 있었는데 길가에 앉아 있던 영이 진씨를 보고 물었다.

---

[62] 경판본에는 한씨의 거처를 장영에게 알려 주는 노인의 노랫말이 없어 이후의 서사가 매끄럽지 않다. 따라서 구활자본에 나타난 노인의 노래를 경판본의 내용에 맞게 수정해 현대어로 옮겼다.

"법사⁶³⁾는 어느 절에 있는가?"

진씨가 답했다.

"저 봉우리 위에 있는 제인사에 있나이다."

영이 듣고 반가워하자 진씨가 물었다.

"공자는 무슨 이유로 우리 승당을 찾으십니까?"

영이 말했다.

"다름 아니라, 나는 부모 잃은 사람으로 모친이 제인사에 계신다고 하길래 찾아왔노라."

진씨가 말했다.

"이 절에 자식을 잃어버린 사람은 없나이다."

영이 말했다.

"나는 남방(南方) 사람이다. 남양태수 오세신이 내 부친을 죽여 모친 한씨가 복수하고 달아나다가 세신의 처 진씨에게 잡혀갔다 하니, 세신과 공모한 영릉태수 진한과 진씨의 고기를 씹어 원수를 갚고자 했는데 오늘 모친이 이 절에 있다는 말을 들었다네."

진씨가 듣고 깜짝 놀라 말했다.

"과연 몇 년 전 어떤 부인이 아들을 잃고 길에서 울다가

---

63) 법사(法師) : 승려.

굶어 죽어 지나가던 사람이 불쌍히 여겨 고개 너머 바위 밑에 묻어 준 일이 있었나이다. 이후 들으니 그 부인이 장 시중의 처 한씨라 하더이다."

이 말을 들은 영은 곧장 산을 넘어가 모친의 무덤을 찾았으나 종적이 없어 종일토록 통곡하다가 그곳에서 밤을 지냈다. 그리고 다음 날 남양에 도착해 마을 사람들에게 고을 이름을 물었는데 그중 하나가 '시부촌'이라 답하니 이상한 생각이 들어 물었다.

"좋은 이름도 많은데 하필 마을 이름을 이렇게 지었느뇨?"

영의 물음에 마을 사람들은 본래 도령촌이었던 이 마을의 이름이 시부촌으로 바뀌게 된 사연을 낱낱이 말해 주었다. 그 말을 들은 영이 눈물을 머금고 탄식하며 말했다.

"내가 바로 장 시중의 아들이오. 부친의 산소를 찾으러 왔으니 가르쳐 주면 훗날 은혜를 갚을 것이오."

이 말을 들은 사람들은 모두 영을 칭찬하며 말했다.

"한 부인의 지극한 정절에 하늘이 감동해 이렇게 귀한 아들을 보전해 장 시중의 제사를 끊지 않게 했으니 참으로 하늘이 무심치 않구나!"

그러고는 영을 장 시중의 무덤으로 안내하니 영이 무덤 앞으로 가 두 번 절하고 말했다.

"불초자64) 영이 왔나이다."

그러고는 큰 소리로 몹시 슬프게 곡하고 다시 말하기를,

"소자 모친의 유골을 찾고 진씨와 진한에게 원수를 갚고자 하오니 부친의 혼백은 살피소서."

하고는 울며 하직하고 다시 영릉으로 향했다.

이적에 거짓말로 장영을 따돌린 진씨는 급히 절로 돌아가 승려들을 속여 말했다.

"내가 아까 산문(山門) 어귀에 나갔다가 장객65) 수십 명이 수풀 속에서 오늘 밤 제인사에 들어가 재물을 약탈하고 어린 여승들을 잡아 계집으로 삼자고 모의하는 것을 들었으니 정말 두렵노라. 어디로 피하자."

승려들은 진씨의 말을 곧이듣고 각각 짐을 챙겨 민가로 내려갔다. 그리고 4, 5일 후 다시 절로 돌아왔는데 창황분주66)하던 사이에 한씨의 품에서 봉서 하나가 떨어졌다.

---

64) 불초자(不肖子) : 부모님을 닮지 않은 자식. 즉 어버이의 덕행이나 사업을 이어받지 못한 자식을 이르는 말로 흔히 아들이 부모에게 자기를 낮출 때 사용한다.

65) 장객(莊客) : 선원(禪院)의 논밭을 경작하는 인부.

66) 창황분주(蒼黃奔走) : 마음이 급해 이리저리 바쁘고 수선스러움.

진씨가 몰래 주워 조용한 곳에서 열어 보니 그것은 한씨가 오세신을 죽이고 장 시중에게 제사할 때 올린 제문이었다. 진씨는 놀랍고도 분한 마음을 다스리며 혼자 조용히 말했다.

"내가 진즉 한씨의 거동을 의심했었는데 과연 원수와 함께 살았구나. 오래된 원수를 오늘에야 알았으니 장차 죽일 것이다."

하고는 다음 날 한 씨에게 말했다.

"봄날이 따뜻하니 옥파정에서 목욕하고 옥수봉 경치나 구경합시다."

진씨의 정체를 아는 까닭에 매일 근심하던 한씨는 이 말을 듣고 의심스러운 마음이 들어 말했다.

"내가 본래 지병이 있어 목욕은 못하니 경치나 보러 가리라."

진씨는 속으로 기뻐하며 한씨를 데리고 옥파정으로 가 먼저 연못 안으로 들어갔다. 그러나 거듭 청해도 한씨가 좀처럼 물속으로 들어오지 않자 어쩔 수 없이 옥수봉에 오르자고 해 그곳에서 한씨를 밀어 버리고자 했다. 한씨가 눈을 들어 옥수봉을 바라보니 높이가 천여 장이나 되어 그 위에서 사람이 떨어지면 흔적조차 찾을 수 없을 것 같았다. 두 사람은 서로 앞서가라고 다투었고 결국 진씨가 먼저 봉우리에 오르게 되었다. 그런데 뒤따라가던 한씨는 문득 정신이 아득해지며 심장이 요동쳐 자기도 모르게 뒷걸음쳐 오르던 길을 내려왔다. 이 모습을 본 진씨가 내려와 붙들려 하자 한씨는 더욱 의심스러운 마음이 들어 급하게 평지로 내려왔다. 진씨가 웃으며 말했다.

"스승이 어찌 그리 겁을 내십니까?"

그러고는 높은 바위에 오르기를 재삼 청했으나 한씨가 끝내 응하지 않자 두 사람은 절로 돌아왔다. 그러던 하루는 한씨가 진씨의 방에 들어갔다가 벽돌 틈에 꽂혀 있는 종이를 보고 빼 보니 자기가 남편에게 올린 제문이었다. 이에 놀라며 깨닫기를,

'진씨가 이것을 보고 나를 죽이려고 옥수봉으로 유인한 것이로다!'

하고는 차후 더욱 조심했는데, 얼마 뒤 진씨가 술을 부어 들고 와 권하며 말했다.

"술맛이 기가 막히니 정을 물리치지 말고 받으소서."

이에 한씨가 말하기를,

"내가 본래 술을 먹지 못하노라."

하고는 끝내 술잔을 받지 않았다. 그러자 진씨가 별수 없어 생각하기를,

'저가 이미 내 꾀를 알았으니 계교로 죽이지 못할 것이

다. 그러나 저를 몰랐다면 하릴없거니와 알고서야 어찌 세월만 지체하리오? 영릉태수 진한은 우리 태수와 절친한 사이요 당초 장필한을 죽일 때도 공모했으니 한씨가 여기에 있음을 알려 잡아다 죽이게 하리라.'

하고는 다음 날 한씨와 승려들에게 하직하며 말했다.

"나는 본래 산동(山東) 사람이요. 우리 태수를 따라 남양에 와 사느라 그사이 부모의 존망을 알 수 없어 그리운 마음이 간절하니 고향으로 돌아가 부모를 보고 다시 오리다."

그러고는 절을 떠나자 한씨가 생각하기를,

'진씨가 계교로써 나를 죽이지 못하니 이제 그 무리에게 도움을 청하러 가는구나. 내가 여기 있으면 필경 화를 당할 것이니 금병산으로 가 화를 피해야겠다.'

했으나 가는 길도 모르거니와 여자 홀로 절을 나서자니 매우 난처해 주저하고 있었다. 그런데 마침 서촉(西蜀)에서 온 중이 말했다.

"익주 금병산에 있는 계룡사(鷄龍寺)의 부처가 돌 틈에서 솟아났는데 이름은 문수보살[67]이며 매우 영험하다 합

---

67) 문수보살(文殊菩薩) : 불교의 대승 보살 가운데 하나. 최고의 지혜를 상징한다.

니다."

이 말을 들은 승려들이 산도 구경하고 부처님께 소원도 빌자며 계룡사로 가고자 하자 한씨는 마침내 승려들과 함께 길을 떠났다.

한편, 제인사를 떠난 진씨는 곧장 영릉으로 가 태수 진한을 만나 한씨와 장영의 일을 전하며 말했다.

"지금 일이 돌아가는 형편을 보니 나와 태수가 살기를 도모하기 어려울 것 같습니다. 먼저 손을 쓰면 남을 제압하고 그렇지 않으면 남에게 제압당한다고 했으니 바삐 한씨와 장영을 잡아 죽여 후환을 없애세요."

진한은 그 말이 옳다고 여겨 관군 백여 명을 제인사로 보내 절의 비구니들을 불문곡직(68)하고 모두 잡아 오라 명하는 한편, 또 다른 관군 백여 명은 남양으로 가 장영을 잡으라 했다.

이때 장영은 영릉에 도착해 진한의 동정을 살피던 중 진한이 남양으로 간다는 말을 들었다. 그래서 이 고을 백성인 척 진한의 행차를 구경하다가 상황을 보아 죽이고자 노복들과 약속하고 길가에서 진한을 기다리고 있었다. 그

---

68) 불문곡직(不問曲直): 옳고 그름을 따지지 아니함.

런데 갑자기 티끌이 자욱하더니 그 가운데서 진한이 갑옷 입은 군사 3천을 거느리고 위엄 있는 모습으로 나타났다. 장영은 감히 손을 쓸 생각도 하지 못하고 그만 풀숲으로 숨어 버렸다. 마침 이 모습을 보고 수상함을 느낀 진한은 군사에게 장영을 잡아 오라 해 물었다.

"너는 누군데 수상히 숨는 것이냐?"

영이 말했다.

"저는 상주 사람입니다. 경사[69]로 가던 길에 태수의 위엄 있는 모습을 보고 저도 모르게 두려운 마음이 들어 숨었나이다."

진한은 그의 기질이 약한 것을 보고 방심해 그냥 놓아주었다.

이후 진씨는 진한에게서 남양에 간 관군들이 장영을 잡지 못했고 제인사로 간 관군들 또한 절이 텅 비어 있어 아무도 잡아 오지 못했다는 말을 듣자 근심하며 말했다.

"장영과 한씨를 잡지 못했으니 머지않아 큰 우환이 있을 것이니 장차 어찌하리오?"

그러고는 눈물을 비 오듯 흘리니 진한이 위로하며 말

---

[69] 경사(京師): 한 나라의 중앙 정부가 있는 곳. 서울.

했다.

"잡을 방법이 있을 것이니 부인은 마음을 놓으시오."

한편 이날 장영은 스스로 깨닫기를,

'진한은 힘이 강하나 나는 약하니 쉽게 손을 쓰지 못할 것이다. 차라리 집으로 돌아가 양어머니를 위로하고 다시 도모하리라.'

하고는 남양으로 가 시중의 산소에 하직 인사를 올리고 있었다. 이때 동네 사람이 다가와 말했다.

"수일 전에 영릉태수가 군사를 보내 공자를 잡으러 두루 찾더이다. 공자가 잡히면 죽음을 면치 못할 것이니 빨리 피하소서."

이 말을 들은 장영은 깜짝 놀라 즉시 금병산으로 향했다.

그에 앞서 승려들과 함께 금병산으로 떠난 한씨는 비록 중이 되었으나 10여 년 절 밖을 나가지 않다가 갑자기 여러 날 산을 넘고 물을 건넜더니 발은 부르트고 기운은 빠져 더 이상 걸을 수 없었다. 이에 여러 승려가 부축했는데 한 곳에 도착하니 큰 산은 우뚝 솟아 하늘에 닿아 있고 층암절벽은 깎은 듯했으며 길은 너무 좁아 겨우 한 사람만 통과할 수 있는 정도였다. 문득 한 사람이 지나가자 한씨가 산 이름을 물었더니 그가 답했다.

"이 산의 이름은 검각[70]이며 앞으로도 2백 리는 가야 합니다."

한씨가 탄식하며 말했다.

"아무래도 내가 이곳에서 죽겠구나."

이때 여러 승려가 말했다.

"이렇게 하다가는 이 고개를 넘지 못하고 우리 모두 짐승에게 죽을 것입니다. 비록 매정하나 각자 목숨을 도모하는 것이 좋겠으니 설원 법사는 산을 내려가 촌가를 찾으세요."

그러고는 한씨를 버리고 길을 떠나니 한씨는 하릴없이 홀로 앉아 슬피 울었는데 그 소리가 너무 처절해 산천초목도 슬퍼하는 것 같았다. 그 시각 검각을 지나가던 장영은 울음소리를 듣고 마음이 움직여 곡성이 나는 곳으로 걸음을 옮겼는데, 한 곳에 이르자 과연 어떤 여승이 홀로 앉아 처량하게 눈물을 훔치고 있었다. 이에 여승에게 다가가

---

70) 검각(劍閣) : 중국의 사천(四川), 섬서(陝西), 감숙(甘肅)의 중간 지역으로 산맥이 100km나 이어져 있고 절벽에 가까운 지형이라 역사상 사천성(四川省)을 지키는 최고의 방어 거점이 되었다. 《삼국지연의》에서도 제갈량과 조조가 접전을 벌이던 주요 전장(戰場)의 하나로 등장한다.

물었다.

"그대는 어떤 화상[71]인데 이 험한 산중에서 홀로 울고 있는가?"

한씨가 답했다.

"소승[72]은 정처 없이 떠도는 중입니다. 서촉 풍경을 구경하고자 여러 승려와 함께 길을 나섰는데 그만 발병이 나서 걷지 못하자 동행들이 버리고 갔기에 울고 있나이다."

한씨의 말을 들은 영은 가련한 마음이 들었다. 또한 그저 두고 가면 분명 호랑이 밥이 될 것 같아 말했다.

"그대는 울지 말고 이 말을 타라."

한씨는 다행이라 생각하며 감사의 인사를 하고 말에 올랐다. 장영은 한씨를 말에 태우고 자신은 걸어서 고개를 넘어갔다. 그런데 문득 보니 먼저 출발한 중들이 고개 위에 앉아 쉬고 있었다. 이들을 본 장영이 큰소리로 꾸짖으며 말하기를,

"너희가 걷지 못하는 동행을 버려 길에서 죽게 했으니 이는 불가(佛家)의 자비로운 마음이 아니다. 내 너희가 금

---

71) 화상(和尙) : 승려의 경칭.
72) 소승(小僧) : 승려가 자신을 낮추어 이르는 말.

병산으로 간다고 들었으니 이 중을 데리고 가라. 나도 금병산에 사는 사람이니 만약 계룡사에 들러 이 중이 없으면 너희 모두를 죽일 것이다."

하고 고개를 넘어가려 하니 한 씨가 생각했다.

'어떤 복 있는 사람이 저런 자식을 두었을까? 내 아들도 살았으면 저렇게 장성했겠구나.'

그러고는 셀 수 없이 감사하며 장영과 이별하고 승려들에게로 갔다.

재설.[73] 영이 떠난 지도 3년이 지났다. 그러나 한 번도 소식이 오지 않자 원 부인은 간절히 영을 그리워하며 밤낮으로 눈물짓고 있었다. 그러던 어느 날 노복이 공자가 돌아왔다고 알리니 원 부인은 버선발로 문밖에 나와 영의 손을 잡고 그리던 마음을 전했고 영은 양어머니의 건강한 모습을 보고는 못내 기뻐했다. 원 어사 또한 영이 돌아왔다는 말을 듣고는 찾아와 크게 반기며 먼 길 다녀온 노고를 위로했다. 그리고 복수의 여부를 물으니 영은 일의 형편이 뜻과 같지 않아 돌아올 수밖에 없었던 사정을 전하며

---

73) 재설(再說) : 편지나 소설에서 다른 이야기를 하다가 앞에 했던 이야기를 이어서 할 때 첫머리에 쓰는 말.

말했다.

"어머니께서 염려하실 것을 걱정해 돌아왔으나 2년 뒤 다시 도모하고자 하나이다."

원 부인이 말했다.

"너는 하늘이 낸 지극한 효자니 내가 어찌 막겠느냐? 다만 저들은 강하고 너는 약하니 오히려 네가 화를 입을까 두렵구나."

계향 또한 영이 무사히 돌아왔다는 말을 듣고 기뻐하며 물었다.

"부인의 존망은 알아보셨나이까?"

그러자 영은 정군산 고개에서 만난 노인에게 들었던 말을 전하며 다시금 슬픔에 빠졌다. 이후 영은 글공부를 버리고 무예를 익혔다.

세월이 흘러 어느덧 15세가 되자 장영은 뛰어난 재주를 갖추었을 뿐 아니라 짐짓 영웅호걸의 기상을 갖게 되었다. 이를 본 원 부인이 기뻐하며 원 어사에게 말했다.

"영이 제 부모를 위해 원수를 갚고자 머지않아 다시 남방으로 갈 것이다. 질녀 또한 장성했으니 바삐 둘을 혼인시켜 재미를 보고 싶구나."

원 어사가 말했다.

"누님 말씀이 옳으나 영이 무(武)를 힘쓰니 어찌 천금

같은 여아의 배필로 삼겠습니까?"

이 말에 원 부인이 불쾌해 말하기를,

"두 아이의 인물과 재주가 필적하니 분명 하늘이 정하신 배필이거늘 어찌 호반[74]이라며 꺼리는가? 또 현제는 문과(文科)에 급제해 무슨 귀함이 있더냐?"

하고는 처소로 들어갔다. 이때 우연히 어사의 말을 들은 영은 내색하지 않았으나 분한 마음이 들었다. 그러던 하루는 원 어사가 재주를 구경하고자 영을 불렀다. 그러자 영은 즉시 활을 당겨 백 보 밖에 있는 버들잎을 맞추었다. 이 모습을 본 어사가 미소 지으며 말했다.

"활 쏘는 재주가 묘하구나. 이제 너의 용맹함을 보고 싶구나."

어사의 말에 영이 갑옷을 입고 철퇴와 창을 들고 말에 올라 좌충우돌하자 몸은 은광(銀光)이 되어 사람은 보이지 않고 마치 은빛 독수리 한 마리가 왕래하는 것 같았다. 신기한 광경에 몸을 일으켜 몰두해 구경하던 원 어사는 갑자기 영이 말을 달려 자기 앞으로 다가와 벽력같은 소리를 지르자 깜짝 놀라 땅에 엎어졌다. 이 모습을 보고 영이 급

---

74) 호반(虎班) : 무관의 반열에 있는 사람. 즉 무반(武班)을 말한다.

히 말에서 내려 어사를 붙들어 일으키자 원 어사는 그제야 정신을 차리고 말했다.

"평소 벼락 치는 소리에도 놀라지 않았는데 오늘 너의 소리를 듣고 이렇게 혼비백산하다니, 내가 너의 용맹함을 몰랐구나."

영이 말했다.

"대장부가 세상에 태어나 이름을 후세에 전하는 것은 마땅한 일입니다. 대인께서는 소자를 호반이라 해 못마땅하게 여기시나, 소자 오히려 녹록한 문관(文官)을 비웃나이다."

이때 영릉태수 진한이 모반해 군사 수만을 거느리고 강을 건너 유주(幽州)를 함락했다. 천자는 여러 번 대병을 보냈으나 이들이 번번이 패하자 문무 대신과 의논해 사문(四門)에 방을 붙여 장사를 모집했다. 이 소식을 들은 장영이 원 부인께 말했다.

"소자가 이때를 타 국적[75]을 소멸하고 원수를 갚고자 하나이다."

이 말을 들은 원 부인이 슬퍼하며 말했다.

---

75) 국적(國賊) : 나라를 어지럽히는 역적 또는 나라에 해를 끼치는 자.

"네가 이미 장성했고 용맹이 뛰어나니 근심은 없으나 다만 내 나이가 많으니 다시 보지 못할 것 같아 슬프구나."

영이 원 부인을 위로하며 말했다.

"모친은 과도히 염려하지 마소서."

그러고는 원 부인께 하직하고 집을 떠나 밤낮으로 달려 황성[76]에 도착했다. 그리고 한 곳에 붙어 있는 방문[77]을 보고 이를 떼니 관원이 달려와 그 이유를 물었다. 영은 품속에서 자기가 쓴 상소[78]를 내어 관원에게 주며 이를 천자께 전하라 했다. 상소의 내용은 다음과 같았다.

익주 금병산에 사는 장영은 돈수백배[79]하고 폐하께 이 상소를 올립니다. 진한이 과거 남양태수 오세신과 공모해 신(臣)의 아비 필한을 모함해 죽이고 어미를 겁박하려 했습니다. 이에 신의 모친이 꾀를

---

76) 황성(皇城) : 황제가 있는 나라의 서울.
77) 방문(榜文) : 어떤 일을 널리 알리기 위해 사람들이 다니는 길거리나 많이 모이는 곳에 써 붙이는 글.
78) 상소(上疏) : 임금에게 올리는 글.
79) 돈수백배(頓首百拜) : 머리가 땅에 닿도록 수없이 계속 절을 함.

써 오세신을 죽이고 신을 보호하려다가 세신의 처 진씨에게 잡혀 죽었습니다. 그래서 유모가 신을 업고 익주로 달아났는데 송나라에서 벼슬하던 원귀의 누나가 거두어 양자로 삼았으니 신은 10여 세가 되어서야 비로소 신의 부모가 오세신에게 죽은 줄 알았나이다. 그러니 진한은 신과는 같은 하늘 아래서 살 수 없는 원수입니다. 그런데 그가 죽음을 재촉해 모반했으니 이제 신이 복수할 때입니다. 원하건대 폐하께서 신에게 한 무리의 병사를 빌려주신다면 진한을 베어 국가의 근심을 덜고 신의 원수를 갚겠나이다.

상소를 모두 읽은 천자는 장영을 크게 칭찬하며 말했다.
"짐이 장사를 모집한 지 오래되었으나 응하는 자가 하나도 없었다. 그런데 지금 영의 상소를 보니 짐짓 장수와 재상의 재주를 모두 갖추었구나."
그러고는 장영을 불러 보니 제비 새끼처럼 옆으로 퍼진 턱에 범 같은 머리[80]를 갖고 있어 참으로 제후가 될 골

---

80) 제비… 머리 : 연함호두(燕頷虎頭). 골상(骨相)의 하나로 제비턱과

상(骨相)을 지녔을 뿐 아니라, 키는 8척이나 되었고 위풍 또한 늠름했다. 상이 그 모습을 매우 기특하게 여겨 말하기를,

"짐이 장영을 얻었으니 어찌 진한을 근심하리오?"

하고는 영을 대원수81)로 삼고 군사 6만 명을 주니 장영은 감사의 인사를 하고 즉시 군사들을 이끌고 경사를 떠났다.

며칠 후 영릉 지경에 도착한 장영은 먼저 진(陣)을 치고 진한에게 국가의 근심을 덜고 부모의 원수를 갚겠다는 내용의 격서82)를 보냈다. 이를 본 진한이 크게 화를 내자 한 장사가 자원해 싸우고자 했으니 그는 진씨의 오라비 진

호랑이 머리와 비슷한 두골(頭骨)을 말한다. 이러한 상은 대체로 중국에서 먼 나라의 봉후(封侯)가 될 상으로 알려져 있는데, 서역(西域)에 종군해 정원후(定遠侯)로 봉해진 반초(班超, 33~102)가 소싯적에 관상을 보자 "제비턱에 범의 목을 하고 있으니 이는 만리후(萬里侯)의 상이다"라는 말을 들었다는 고사가 《후한서(後漢書)》〈반초전(班超傳)〉에 보인다.

81) 대원수(大元帥) : 국가의 전군을 통솔하는 최고의 계급인 원수를 더욱 높이는 말.

82) 격서(檄書) : 군병을 모집하거나 혹은 적군을 달래거나 꾸짖기 위한 글. 흔히 격문(檄文)이라 한다.

건이었다. 진한은 크게 기뻐하며 정병 3만을 주었고 진건은 군사들을 거느리고 진 앞으로 나와 장영에게 싸움을 걸었다. 진건을 본 장영이 큰소리로 호통치며 말했다.

"너는 진한과 어찌 되는 놈이냐?"

진건이 말했다.

"나는 오세신의 처남 진건이다. 네 어미가 오 태수의 첩이 되었다가 간계를 써 태수를 죽이고 도망했거늘 네가 무슨 낯으로 큰소리를 치느냐?"

이 말을 들은 영은 분한 마음이 하늘로 솟구쳐 철퇴를 들고 곧장 진건에게 달려들어 그의 머리통을 깨부수었다. 그리고 진건의 머리를 베어서 돌아와 높은 곳에 매달았다. 진건의 패잔병이 돌아와 이 말을 전하자 진한은 놀라움을 이기지 못했다. 다음 날 장영은 급하게 군사들을 보내 영릉 성(城)을 둘러싸고 공격을 시작했다. 그러자 진한이 창을 빼 들고 말을 달려 성문 앞에 이르렀는데 이를 본 장영이 큰소리로 꾸짖으며 말했다.

"늙은 역적 놈이 우리 부친은 무슨 이유로 해쳤느냐?"

진한이 장영을 보니 위풍당당한 것이 일세의 영웅이었다. 이에 두려운 마음이 생겨 말 머리를 돌려 자기 진영으로 들어갔다. 잠시 후 진한의 뒤를 이어 나이 어린 장수가 내달았는데 신장은 9척이었고 앳된 얼굴에는 위엄이 서려 있었다. 장영이 큰소리로 외쳤다.

"오는 장수는 성명을 통하라."

소년 장수가 말했다.

"나는 진 태수의 아들 세웅이다. 네가 무단히 우리 지경을 범했으니 너를 베려 하노라."

장영이 말했다.

"네가 능히 내 화살을 받을 수 있겠느냐?"

세웅이 말했다.

"네가 종일 쏜들 내가 어찌 겁내겠느냐?"

이 말을 들은 장영은 거짓으로 두 대의 화살을 쏘았다. 그러자 연달아 화살을 피한 세웅이 웃으며 말하기를,

"네 활 법이 묘하다 하나 어찌 나를 당하겠느냐?"

하고는 전혀 방비치 않았다. 이때를 타 장영이 화살 한 대를 세게 쏘자 세웅은 말에서 떨어져 죽었다. 장영은 그대로 말을 몰아 적진으로 달려가 쉬지 않고 철퇴를 휘둘렀고, 그러자 적의 장졸들의 머리가 추풍낙엽처럼 우수수 떨어져 금세 주검이 태산을 이루었다. 장영은 주변을 살펴 세웅을 찾아 그 머리를 베어서 본진으로 돌아갔다. 세웅의 시신을 본 진한이 통곡하며 말했다.

"내가 믿는 이는 오직 세웅이었는데 이제 누가 나를 도우리오?"

슬퍼하는 진한에게 아우 진복이 말했다.

"당초에 장 시중을 죽인 것은 오세신 때문입니다. 그러니 이제라도 진씨를 묶어 장영에게 보내고 우리의 잘못이 아니라고 달랜다면 장영이 더 이상 우리를 원망치 않을 것입니다."

진한이 말했다.

"뉘 능히 장영을 달래리오?"

진복이 말했다.

"제가 가겠습니다."

진한이 말했다.

"너는 내 아우다. 영이 알면 너를 죽일 것이다."

진복이 말했다.

"내가 저와 만난 적이 없으니 저를 어찌 알겠습니까?"

진한은 즉시 군사들에게 진씨를 잡아 오라 명했다. 끌려온 진씨가 통곡하며 말하기를,

"태수는 죽은 남편의 붕우인데 어찌 나를 사지(死地)로 보내십니까?"

하니 진한이 말했다.

"내 아들이 죽은 것이 다 세신의 탓이라. 또 장영이 그대가 여기에 있다는 것을 알고 물러가지 않으니 나도 어쩔 수 없노라."

진복은 곧장 진씨를 결박해 장영을 찾아가 말했다.

"당초 장 시중을 해한 것은 오세신이 도모한 것으로 우리 태수는 일찍이 그 일에 간여한 바가 없나이다. 그런데 원수께서 잘못 아시고 태수의 죄를 묻고자 하시니 우리 태수의 애매한 사정은 오세신의 처 진씨도 아는 바입니다. 이제 진씨를 원수께 바치오니 원수께서는 부디 진 태수의 애매함을 살피시고 군사를 물리소서."

그러고는 진한의 무죄함을 피력했다. 진씨를 본 장영은 화가 나 바로 죽이려다가 모친의 산소를 찾은 뒤 죽이겠다고 생각하고 진복에게 말했다.

"돌아가 진한에게 진씨는 잡았으나 마땅히 너의 고기도 먹어 원수를 갚고야 말 것이니 빨리 목을 늘여 대령하라고 전하라."

이 말을 들은 진복은 어쩔 수 없이 돌아가 장영의 말을 그대로 전했다. 그러자 진한이 놀라며 말하기를,

"사세가 이러하니 우리 형제가 모두 죽을 것이다. 빨리 항복하는 것이 좋겠다."

하니 진복이 말했다.

"형님은 겁내지 말고 승부를 겨루소서."

이튿날 진한이 군사를 이끌고 나오자 장영이 큰소리로 외쳤다.

"늙은 역적이 감히 나와 겨루려 하는가?"

그러고는 군사를 명해 세웅의 머리를 매달라 하니 이 말을 들은 진한은 분노해 칼을 휘두르며 장영에게 달려들었다. 그러나 채 1합이 되지 않아 대적할 수 없음을 깨달은 진한은 말 머리를 돌려 본진으로 달아났고 장영은 말을 채찍질해 바람같이 진한을 따라가 철퇴로 그의 말을 쳐 쓰러뜨렸다. 그리고 말에서 내려 땅에 떨어진 진한을 잡아 옆구리에 끼고 다시 말에 오르니 그 모습은 흡사 솔개가 병아리를 낚아챈 것 같았다. 이 모습을 본 적병들은 자기 목숨을 구하고자 사방으로 흩어졌다. 생포한 진한을 데리고 본진으로 돌아온 장영은 장대에 앉아 군사들에게 진한의 병졸들은 무죄하니 모두 고향으로 돌려보내라 명했다. 이 말을 들은 진한의 장졸들은 장영의 은혜에 감격해 스스로 영릉 성으로 들어가 진한의 가족들을 잡아 와 항복했다. 장영은 이들에게 후한 상을 내렸고 진복을 비롯한 진한의 가족들은 모두 죽여 버렸으며 부친의 영위를 차려 놓고 손수 칼을 들어 진한을 두 쪽 내어 제사했다. 그리고 천자께 첩서[83]를 올린 뒤 군사를 이끌고 경사로 돌아갔다.

---

83) 첩서(捷書) : 싸움에서 승리한 것을 보고하는 글.

장영이 천자 앞에 나아가자 천자가 매우 기뻐 칭찬하며 말하기를,

"경84)이 비록 과거에 급제해 입신(立身)치 않았으나, 진한 같은 강적을 소멸해 종묘사직을 지키고 백성을 도탄에서 건졌으니 고금에 드문 충심이라. 앞으로도 짐을 도우라."

하고 대장군 도정후85)를 봉하니 장영이 아뢰었다.

"신이 아비의 원수는 갚았사오나 아직 어미의 유골을 찾지 못했나이다. 또한 양어머니의 나이가 이미 일흔입니다. 그러니 신에게 말미를 주신다면 모친의 유골을 찾고 양어머니의 은혜를 조금이나마 갚은 뒤 돌아와 폐하의 은혜를 갚겠나이다."

천자는 장영을 기특히 여겨 그 청을 허락하고 익주자사(益州刺史)86)로 삼았다. 장영은 천자의 은혜에 감사하

---

84) 경(卿) : 임금이 2품 이상의 신하를 가리키던 이인칭 대명사.

85) 도정후(都亭侯) : 고대 중국에서 영지를 받은 귀족들을 칭하는 열후(列侯)의 하나. 열후는 후한(後漢)에 이르러 현후(縣侯)·향후(鄕侯)·정후(亭侯)로 그 서열이 나뉘었으며 이를 세분해 현후·도향후·향후·도정후·정후로 분류하기도 했다.

86) 자사(刺史) : 중국 왕조에서 군(郡)·국(國)을 감독하기 위해

며 하직한 후 익주를 향해 출발했다. 그리고 남양에 이르자 장 시중의 산소에 제사하고 마을 이름을 시부촌에서 다시 도령촌으로 바꾸었으며, 다시 길을 떠나 정군산에 도착하자 진씨를 끌고 오라 해 꾸짖으며 말했다.

"내가 너를 살려 둔 것은 내 모친의 무덤을 알고자 함이니 솔직히 말해 죄를 덜라."

진씨가 울며 말했다.

"그때 장군이 한 부인을 찾는다고 하시니, 절의 비구니들이 모두 제 정체를 아는지라 화를 면치 못할까 두려웠나이다. 그래서 장군을 절에 오지 못하게 하고자 거짓으로 이곳에 부인이 묻혔다고 한 것입니다. 부인의 무덤은 진실로 이곳에 없으니 장군은 살피소서."

이 말을 들은 장영이 물었다.

"그렇다면 내 모친을 죽인 것은 맞는가? 그렇지 않다면 모친께서는 어디에 계시는가?"

진씨가 말했다.

"제가 어찌 한 부인을 죽였으리오? 함께 중이 되어 제인사에 있다가 서로 헤어진 지 4, 5년쯤 되었습니다. 이후

각 주에 둔 감찰관.

어디에 계신 줄은 모르나이다."

진씨의 말을 듣고 장영이 화를 내며 다시 물었다.

"간사한 말로 나를 속이지 말라. 모친께서 어찌 너와 함께 계셨으리오?"

이에 진씨는 정처 없이 다니다가 제인사에서 한씨를 만나 제자가 되었던 일에서부터 한씨가 장 시중에게 쓴 제문을 보고 비로소 한씨의 정체를 알고 복수하려다 실패해 헤어지게 된 일을 낱낱이 고했다. 진씨에게서 모친의 행적을 소상히 전해 들은 장영은 기쁨과 슬픔이 교차하는 것을 느끼며 단호하게 말했다.

"나는 모친께서 네 손에 죽은 줄 알았다. 그런데 진실로 네 말처럼 모친이 살아 있다면 천하의 승당을 모두 돌아 찾을 것이다. 그러나 만약 찾지 못한다면 반드시 너를 죽이리라."

그러고는 군사에게 죄인 진씨를 익주로 이송하라 명했다.

한편, 장영이 진한을 토벌하러 경사로 간 뒤 원 부인은 하루도 근심이 없는 날이 없었는데 하루는 원 어사가 들어와 장영이 진한을 물리치고 익주자사가 되어 익주로 온다는 소식을 전했다. 이에 원 부인은 뛸 듯이 기뻐했다. 또한 서촉 지역의 수령들도 장영의 부임 소식을 듣고 원 부인

댁을 찾아와 축하해 마지않았다. 며칠 뒤, 장영이 갑사[87] 5백 명의 옹위를 받으며 돌아와 원 부인을 뵙고 인사하니 부인은 장영의 손을 잡고 부모의 원수를 갚고 돌아온 것을 칭찬했다. 원 부인의 말을 들은 장영이 공손히 말했다.

"이것은 모두 어머님의 은덕(恩德)입니다."

그러고는 진씨가 한 말을 자세히 전하며 다시 말했다.

"모친이 살아서 지금 중이 되었다고 하니 소자가 천하를 돌아 모친을 찾고자 합니다."

이 말을 들은 원 부인은 크게 기뻐하며 말했다.

"계룡사 부처가 영험하다고 들었다. 그곳으로 가 지성으로 빌면 효험을 본다고 하니 너도 가 보아라."

장영은 고개를 끄덕이고 곧 계룡사로 갔다.

이 무렵 검각산에서 장영과 헤어진 뒤 동료 승들과 함께 금병산으로 가 계룡사에 머물던 한씨는 어느새 으뜸 승이 되어 있었다. 이때 익주자사가 계룡사를 찾자 절의 모든 승려가 절 문밖에 나와 장영을 맞았는데, 절 안으로 들어온 장영은 법당[88]에 앉아 계룡사 으뜸 승을 찾았다. 잠

---

87) 갑사(甲士) : 갑옷을 입은 병사.
88) 법당(法堂) : 사찰에서 법을 펴고 종지를 강론하며 여러 가지

시 후 한씨가 들어오자 장영이 이윽히 보다가 말했다.

"전에 보던 중이로구나."

한씨 또한 자사가 전일 검각 고개에서 말을 태워 준 장사인 것을 알아보고는 반갑게 말했다.

"소승이 연전에 정군산을 떠나 금병산으로 올 때 검각 고개에서 한 장사의 도움으로 죽음을 면했습니다. 이후 이 절에 와 지금까지 그 은혜를 잊지 못해 그분이 귀하게 되시기를 밤낮으로 기도했사온데 오늘날 이리 만날 줄은 어찌 알았겠나이까? 다시 뵈니 반갑거니와 상공께서는 어찌 저를 부르셨나이까?"

장영이 말했다.

"그대가 정군산 제인사에서 온 중인가?"

한씨가 장영의 물음에 의심스러운 마음이 들어 말하기를,

"여기 그런 중은 없사오나 상공이 어찌 이런 일을 물으십니까?"

하니 장영이 말했다.

"그저 우연히 물어본 것이다. 문수보살이 영험하다 해

의 법요를 행하는 곳.

빌고자 하니 그대는 내게 절차를 이르라."

한씨가 말했다.

"3일간 부정한 것을 멀리해 몸과 마음을 깨끗이 한 뒤 의관을 정제하시고 바라는 것을 비소서."

장영은 한씨의 말대로 3일간 몸과 마음을 깨끗이 한 뒤 법당으로 갔다. 그리고 절하며 다음과 같이 빌었다.

소자, 나이 3세에 원수에게 부친이 죽고 모친마저 잃게 되어 남의 집 양자가 되었습니다. 오랜 시간 원수를 갚지 못하다가 천행으로 황상[89]의 힘을 빌려 복수를 했으나 아직 모친의 종적을 알지 못하니 바라건대 부처는 소자의 정성을 살피사 모친과 빨리 만나게 해 주소서.

법당 밖에서 장영의 축언을 들은 한씨는 문득 서글픈 마음이 들며 생각했다.

'이 사람이 혹시 내 아들 영인가?'

이에 안으로 들어가 자사의 말을 좀 더 자세히 듣고 싶

---

89) 황상(皇上) : 현재 나라를 다스리고 있는 황제.

었으나 하인들이 문을 막고 있으니 감히 들어갈 수 없었다. 그래서 법당 뒤에서 혼잣말하기를,

"이 세상에 나 같은 사람이 또 있구나."

하고는 슬픈 마음에 자신도 모르게 목 놓아 울었다. 이때 계향은 여러 날이 지나도록 장영이 돌아오지 않자 원부인께 고하고 계룡사를 찾아가 장영을 만나 그간의 사정을 들은 뒤 절 안 이곳저곳을 구경하고 있었다. 그런데 문득 울음소리가 들려 찾아가 보니 한 노승이 홀로 앉아 울고 있었다. 걱정스러운 마음에 다가가 묻기를,

"법사께서 무슨 일로 이렇게 서럽게 우십니까?"

하니 노승이 돌아보았는데, 계향의 얼굴을 빤히 쳐다보던 노승이 갑자기 반가움을 이기지 못한 듯 계향의 손을 붙들고 말했다.

"계향아, 네가 어찌 나를 몰라보느냐?"

계향이 자세히 보니 이 노승은 한 부인이었다. 두 사람은 이내 서로를 붙들고 큰 소리로 울었다. 한참을 울던 계향이 진정하며 말했다.

"여기 오신 익주자사가 바로 장 공자십니다."

마침 법당 안에서 기도하던 장영이 두 사람의 말을 듣고 깜짝 놀라 급히 밖으로 나오니 이를 본 계향이 다가와 고했다.

"저 노승이 나의 주인이자 상공의 모친인 한 부인이십니다."

장영이 한씨에게 다가가 통곡하며 말했다.

"소자가 바로 불초자 영입니다."

꿈인지 생시인지를 깨닫지 못한 한씨가 장영을 붙잡고 울며 말하기를,

"영아, 내가 죽어서 너를 보는 것이냐?"

하고 혼절하자 장영과 계향은 놀라 급히 약물을 먹이고 간호했다. 잠시 후 한씨가 정신을 차리자 장영은 원 부인에게 사람을 보내 모친의 소식을 전하는 한편, 모친을 모시고 법당으로 들어가 절을 올린 뒤 원 부인의 양자가 된 일부터 익주자사가 되어 계룡사에 오게 된 사연을 낱낱이 고했다. 한씨 또한 그간의 일들을 소상히 말하며 두 사람은 때로는 기뻐하고 때로는 슬퍼하며 함께 밤을 보냈다. 날이 밝자 장영은 한 부인을 모시고 원 부인의 집으로 돌아왔다. 두 부인은 서로를 반기며 예를 마쳤고 한 부인이 감사해하며 먼저 말했다.

"부인께서 내 자식을 거두어 양육해 부친의 원수도 갚고 나와 다시 만나게 하셨으니 이는 죽은 나무에 다시 꽃이 핀 것과 같습니다. 그렇지 않았더라면 이 몸은 부평초처럼 떠다니다가 늙어 죽어 외로운 귀신이 되었을 것이니,

부인의 은혜가 백골난망이로소이다."

원 부인이 겸양하며 말했다.

"이는 다 부인의 정절에 하늘이 감동하심이니 내게 무슨 공이 있으리오?"

장영은 이날 두 모친을 위해 잔치를 베풀었고 두 부인은 담소하며 잔치를 즐겼다. 그런데 문득 어디선가 처량한 울음소리가 들려오니 장영은 크게 화를 내며 곡소리 내는 이를 잡아 오라 했다. 하인이 한 사람을 끌고 오니 이는 다름 아닌 진씨였다. 장영이 큰소리로 꾸짖으며 물었다.

"네 죄가 매우 중하거늘 죽기나 기다릴 것이지 어찌 방자하게 울어 흥을 깨는 것이냐?"

진씨가 말했다.

"즐거운 사람은 좋겠지만 서러운 사람이야 어찌 즐겁겠나이까?"

장영이 화가나 칼을 뽑자 한 부인이 급하게 말리며 말하기를,

"진씨는 착한 부인이다. 남편을 위해 복수하려는 것이 당연하니 어찌 죽이겠느냐?"

하고는 진씨를 붙들어 자리에 앉히고 위로하며 말했다.

"제인사에서 헤어진 뒤 소식이 끊겼는데 오늘 이리 보니 매우 반갑구려. 그대는 여전히 날 해할 마음이 있는가?"

진씨가 답했다.

"그 마음이 죽기 전에야 어찌 사라지리오?"

이 말을 들은 한 부인이 탄식하며 말했다.

"진실로 열녀로다."

그러고는 영을 돌아보며 말했다.

"진씨가 나를 해치려는 것은 내가 오세신을 죽인 것과 같으니, 저가 내게는 원수이나 또한 열녀로다. 죽이는 것이 불가하니 인마(人馬)를 갖추어 제집으로 보내거라."

장영은 모친의 말씀을 거역할 수 없어 진씨를 놓아주었다.

얼마 뒤, 원 부인이 원 어사에게 조카딸의 혼사를 재촉하자 원 어사는 곧 날을 잡아 장영과 설매를 혼인시켰다. 두 사람의 모습을 본 한 부인이 크게 기뻐하며 원 부인에게 말했다.

"신부는 참으로 아들의 배필입니다. 영이 무슨 복으로 이렇게 아름다운 아내를 만났는고?"

이후 설매가 두 부인을 지성으로 섬기고 남편의 명에 순종하며 노복들을 은혜롭게 대하자 집안에는 화기가 가득했다.

각설.[90] 진씨의 부친 진무(陳武)는 해외 여러 나라에 사신으로 갔다가 표류해 3년 만에 고국으로 돌아왔다. 그런데 장영의 손에 아들 건이 죽고 딸 또한 잡혀갔다 하니 크게 화가 나 장영을 죽이고자 했다. 이 무렵 천자는 진씨의 동생을 귀비91)로 삼아 매우 총애했고 이로 인해 진무에게도 높은 벼슬을 주었다. 하루는 진무가 천자께 아뢰기를,

"장영은 범 같은 장수입니다. 그런데 서촉 여러 군을 모두 맡기셨으니 장영이 불측한 마음을 품을까 염려하나이다."

하니 상이 물었다.

"그렇다면 어찌하리오?"

진무가 답했다.

"형주(荊州)는 익주와 맞닿아 있는 곳입니다. 그러니 신을 형주자사로 삼으시면 장영의 동정을 살피겠나이다."

상은 기뻐하며 즉시 진무를 형주자사로 삼았다. 형주

---

90) 각설(却說) : 말이나 글 등에서 이제까지 다루던 내용을 그만두고 화제를 다른 쪽으로 돌릴 때 새로운 이야기의 첫머리에 쓰는 말.

91) 귀비(貴妃) : 황제나 왕의 후궁에게 내리던 칭호. 중국 당(唐)나라에서는 귀빈(貴嬪)·귀인(貴人)과 함께 삼부인(三夫人)이라 불렸으며 황후 다음가는 서열이었다.

에 부임한 진무는 장사들을 모아 군사 훈련을 시키는 한편, 셋째 아들 융을 익주로 보내 진씨의 생사를 확인하고 장영의 허실을 탐지하게 했다.

이적에 진씨는 장영이 준 인마와 함께 검각을 넘어가고 있었는데 날이 저물자 갈 길을 몰라 주저하고 있었다. 그런데 한 사람이 나타나 말하기를,

"이곳 40리 안에는 민가가 없거늘 날도 저물었는데 어디로 가려 하나뇨?"

하니 진씨가 말했다.

"원하건대 길을 가르치라."

그러자 그 사람이 고개를 가리키며 말하기를,

"이리로 20리를 가면 좋은 집이 있노라."

하니 진씨 일행은 그곳을 향해 걸었고 마침내 한 집 앞에 도착했다. 그런데 갑자기 날이 캄캄해지며 음풍이 일어나고 안개가 자욱해지니 지척을 구분할 수가 없었다. 놀란 진씨는 제인사에서 악귀를 쫓을 때 읊었던 《옥추경》[92]을 외기 시작했다. 그러자 잠시 뒤 바람이 그치고 안

---

92) 《옥추경(玉樞經)》: 우리나라에서 악귀를 쫓을 때 읽는 민간의 도교 경전. 도교에서 최고신으로 여겨지는 구천응원뇌성보화천존(九天

개가 사라지더니 집 앞에 사람의 형체가 보였는데 자세히 보니 조금 전 길을 가르쳐 주던 사람이었다. 가만히 생각해 보니 요괴가 분명한 것 같아 진씨는 다시 옥추경을 외는 한편, 짐에서 요괴의 본모습을 알려 주는 조마경(照魔鏡)을 꺼내 그자를 향해 비췄다. 그랬더니 그 사람이 소리를 지르며 도망가기 시작했는데 조마경 속에는 길이가 서너 발이나 되는 뱀이 달아나고 있었다. 이후 진씨는 정신을 차리고 다시 장영이 붙여 준 익주 하인과 함께 길을 떠났고 얼마 되지 않아 길에서 동생 진융을 만났다. 진씨 남매는 반가움을 이기지 못하고 서로를 붙들고 통곡했다. 잠시 후 진융이 눈물을 닦으며 말했다.

"작은누이가 천자의 귀비가 되었습니다. 그리고 부친이 돌아와 형주자사가 되어 장영에게 원수를 갚으려 하시니 함께 형주로 가 부친을 뵈소서."

진씨는 매우 기뻐하며 자신을 수행한 하인을 익주로 돌려보내고 진융과 함께 형주로 가 부친을 만났다. 그리

應元雷聲普化天尊)의 가르침을 기록한 책이다. 13세기를 전후해 송나라에서 유래했으며 정식 명칭은 《구천응원뇌성보화천존옥추보경(九天應元雷聲普化天尊玉樞寶經)》이다.

고 그간 자신에게 있었던 일들을 소상히 말하자 진무는 이를 갈며 분노했다.

한편, 진씨를 따라갔던 하인이 익주로 돌아와 진씨 남매가 수작하던 말들을 낱낱이 전하자 장영은 깜짝 놀라며 매우 근심했다. 본 한 부인이 그 까닭을 묻자 장영이 말했다.

"진씨의 동생이 귀비가 되었고 또한 진무가 귀비를 끼고 형주자사가 되었으니 그 세를 능히 당할 수 없을 것입니다. 분명 저가 나를 모함해 천자가 부르실 것이니 경사로 간즉 그의 해를 입을 것이요, 가지 않으면 명을 거역한 죄를 면치 못할 것입니다. 소자가 이러므로 두려워하나이다."

한 부인이 말했다.

"네 부친이 송나라 충신이었거늘 네가 원나라 신하가 아니 된다 한들 무슨 문제가 있겠느냐? 늦지 않게 서둘러 방비하거라."

장영이 모친의 말을 따라 즉시 고을 수령들을 불러 말했다.

"귀비의 부친인 형주자사 진무는 전 남양태수 오세신의 장인이오. 그가 딸과 공모해 궐에 있는 귀비를 끼고 나를 해치려 할 것이니 여러 공들을 의견을 듣고자 하오. 진무가 간사한 계략을 써 곧 익주를 공격할 것이니 좋은 계책이 있으면 말해 보시오."

자리에 모인 수령들이 말했다.

"익주에 대군이 있으니 어찌 진무를 두려워하리오?"

이에 장영이 말하기를,

"검각은 익주로 오는 길목이오. 누가 검각을 지켜 진무가 오는 길을 막겠소?"

하니 한 장수가 앞으로 나왔는데 그의 이름은 뇌진정으로 신장이 9척이요, 힘이 장사이며 용맹이 무쌍할 뿐 아니라 지략이 남달리 뛰어나 서촉에서 크게 이름을 떨치고 있었다. 장영은 매우 기뻐하며 군사 3천을 주어 검각을 지키라 명하고 이어서 말했다.

"양평관(陽平關)은 누가 지키리오?"

원 어사가 나서서 말했다.

"내 비록 늙었으나 그곳을 잘 아니 정병 5만을 준다면 힘을 다해 방비하리다."

장영이 말했다.

"양평관은 익주의 보장지지[93]니 어찌 홀로 지키리오? 부장[94]이 필요할 것이니 누가 선봉이 되어 원 어사를 돕

---

93) 보장지지(保障之地) : 군사상 중요한 요충 지역을 말함.

94) 부장(副將) : 주장(主將)을 보좌하는 장수.

겠는가?"

한 사람이 나서며 말했다.

"소장이 비록 재주는 없사오나 원 어사를 도와 양평관을 지키겠나이다."

모두가 쳐다보니 이는 성도태수(成都太守) 맹지걸이었다. 장영은 기뻐하며 이들에게 정병 5만을 주며 양평관을 지키라 명했다.

한편, 익주자사 장영이 검각과 양평관에 군사를 배치했다는 소식을 들은 진무는 사자[95]를 천자께 보내 장영의 움직임이 심상치 않으니 빨리 정벌해 후환을 막으라 청했다. 천자가 문무 대신들을 모아 이 일을 의논하자 여러 신하가 아뢰었다.

"장영은 국가의 공신(功臣)입니다. 어찌 진무의 말만 듣고 가볍게 공신을 정벌하겠습니까? 장영에게 다른 벼슬을 내리시고 실상을 파악한 후 처치해도 늦지 않을 것입니다."

천자는 신료들의 말이 옳다고 여겨 장영을 좌장군[96]으

---

95) 사자(使者) : 명령이나 부탁을 받고 심부름하는 사람.

96) 좌장군(左將軍) : 전장군(前將軍)・후장군(後將軍)・우장군(右將軍)과 함께 대장군 밑에 있는 사방장군(四方將軍)의 하나.

로 임명하는 조서97)를 내려 사자 편에 익주로 보냈으니, 조서의 내용은 다음과 같았다.

짐이 경을 익주에 보낸 후 주야 잊지 못했으나 공을 아껴 부르지 않았다. 그런데 이제 경이 모반한다는 말이 들리니 그 실상을 알지 못해 경을 좌장군에 제수(除授)한다. 그러니 빨리 경사로 돌아오라. 만일 명을 따르지 않으면 용서치 않으리라.

천자의 조서를 본 장영이 탄식하며 말했다.
"진무의 참소를 듣고 나를 의심하시는구나."
이에 장영이 천자께 올리는 표를 썼으니 내용은 다음과 같았다.

신이 적은 공(功)으로 중한 직분을 받사옵기로 은혜를 뼈에 새기고 있었거늘 폐하께서 진무의 참소를 믿고 신을 의심하시니, 먼저 진무를 베어 기군망상98)한 죄를 밝힌 후 스스로 죄를 청하겠나이다.

---

97) 조서(詔書) : 임금의 명령을 일반에게 알릴 목적으로 적은 문서.

장영은 표를 봉해 사자에게 주며 천자께 올리라 말하고 끝내 경사로 가지 않았다.

각설. 장영이 천자의 명을 거역했다는 소식을 들은 진무는 즉시 기병해 익주를 치려다가 장영이 용맹하다는 말을 익히 들은지라 당할 수 없을 것 같아 망설이고 있었다. 그러던 하루는 군사가 한 선비가 찾아왔다고 해 불러 보았는데 낯은 동그랗고 이마는 뾰족했으며 코가 높아 생김새가 매우 기이했다. 진무가 자신을 찾아온 이유를 묻자 그 자가 답했다.

"나는 구리산 아래서 1천 5백 년을 살았습니다. 제법 병법(兵法)에 능통해 다들 상산도사(常山道士)라 부르지요. 듣자 하니 장군께서 익주자사 장영을 치고자 한다길래 돕고자 왔나이다."

이 말을 들은 진무가 크게 기뻐하며 장영에 관해 묻자 상산도사가 말했다.

"장영의 부장 뇌진정이 검각을 지키고 맹지걸 또한 양평관을 지키고 있으니 두 사람의 용맹이 남달라 내가 돕지

---

98) 기군망상(欺君罔上) : 임금을 속이고 윗사람을 농락함.

않는다면 장군은 반드시 패할 것이오."

이 말에 진무가 절을 하고 말했다.

"선생은 나를 도우소서."

도사가 말했다.

"장군에게 과부가 된 딸이 있다고 하니 장영을 잡거든 나와 혼인하는 것을 허락하겠소?"

진무가 답했다.

"잡으면 마땅히 그리하리다."

도사가 말했다.

"나는 검각을 칠 것이니 장군은 양평관을 좇아 성도에 이르러 내가 장영 잡는 것을 보시오."

진무는 곧장 천자께 장영을 치겠다는 표를 올리는 한편, 군사들을 징발해 아들 융에게 성을 지키게 하고 오은 태수 왕필을 선봉으로 삼아 양평관으로 향할 준비를 마쳤다. 그러고는 군사 5만을 상산도사에게 주니 도사가 거절하며 말하기를,

"빈도에게 수백만의 신병99)이 있으니 어찌 장군의 군

---

99) 신병(神兵) : 신이 보낸 군사라는 뜻으로 신출귀몰해 적이 도저히 맞싸울 수 없는 강한 군사를 비유적으로 이르는 말. 여기서

사를 쓰리오?"

하고는 진언[100]을 외자 갑자기 셀 수 없이 많은 군마(軍馬)가 산을 덮었다. 도사는 무수한 신병을 거느리고 검각으로 향했고 진무 또한 정병 3만을 이끌고 양평관으로 출발했다.

이 무렵 뇌진정은 이미 검각에 도착해 시초(柴草)를 쌓아 놓고 화약과 염초를 준비한 뒤, 군사들에게 포 쏘는 소리가 나거든 일시에 불을 놓으라 명하고 적의 동정을 살피고 있었다. 이때 군졸이 달려와 보고하기를 산골짜기가 난데없는 군마로 가득하다고 해 산 위에 올라 주변을 두루 살폈더니 과연 온 산이 적병으로 가득했고 그 가운데에는 '상산도사'라는 글자가 쓰인 커다란 깃발이 세워져 있었다. 그때 갑자기 광풍이 크게 일어나며 구름과 안개가 자욱해져 지척을 구분할 수 없게 되자 뇌진정은 칼을 빼 들고 군사들에게 가볍게 움직이지 말라고 명한 뒤 다시 주변을 살폈는데 적기가 움직이며 철갑 입은 적병들이 고개를

는 도술로 불러낸 군사 즉 귀병(鬼兵)을 말한다.

100) 진언(眞言) : 술법을 부리거나 귀신을 쫓을 때 외는 글귀로 주문(呪文)을 말함.

넘고 있었다. 그제야 뇌진정은 포를 쏘라 명했고 포 쏘는 소리를 들은 군사들이 일시에 달려들어 적을 향해 불을 쏘았다. 아군의 공격이 거세지자 뇌진정은 친히 북을 울리며 전투를 독려했다. 그런데 적병을 향해 쏘아 놓은 불이 스스로 꺼지더니 이내 연기와 불꽃조차 모두 사라져 버렸다. 뇌진정이 괴이하게 여겨 군사를 데리고 가 보았더니 죽은 적병뿐 아니라 그 많던 적병들의 흔적조차 찾을 수 없었다. 뇌진정이 매우 놀라 혼잣말하기를,

"이는 분명 사람이 아니로다."

하고는 즉시 성도로 돌아와 이후에는 성을 지키고 나가지 않았다.

한편, 양평관에 주둔하고 있었던 원 어사와 맹지걸은 왕필과 진융이 군사를 이끌고 양평관에 도착했다는 보고를 받자 이들을 물리칠 계획을 의논했다. 이때 맹지걸이 말했다.

"소장이 듣자 하니 적장 왕필은 지혜가 풍부하고 계략이 많아 쉽게 도모할 수 없을 것입니다. 소장이 항복하는 척하고 적진에 들어가 틈을 보아 왕필을 죽일 것이니 어사는 준비했다가 뒤를 살펴 소장을 구하소서."

원 어사가 응낙하자 맹지걸은 왕필의 진으로 가 항복을 청했다. 왕필은 기뻐하며 맹지걸을 불러 장막 안으로

들여 물었다.

"그대가 무슨 연유로 투항하고자 하는가?"

맹지걸이 공손한 태도로 말했다.

"소장은 원나라 신하입니다. 그런데 이제 장영이 나라를 배신하니 어찌 반적(叛跡)의 휘하가 되어 후세에 죄명을 얻겠나이까? 이제 장군께 의지해 장영을 잡아 나라의 은혜를 만분의 일이라도 갚고자 하나이다."

이 말을 들은 왕필이 크게 기뻐하며 말하기를,

"그대의 충심이 진실로 세상에 드물도다. 어찌 아름답지 아니하리오?"

하고는 차와 술을 내와 맹지걸을 환영했다. 술자리가 무르익자 맹지걸은 왕필의 동정을 살폈는데 이상하게도 왕필은 술을 마시면서도 차고 있던 패도(佩刀)를 자주 쳐다보았다. 맹지걸이 이상히 여겨 그 검을 자세히 보았더니 그것은 영락없는 보검이었다. 맹지걸은 순간 몸을 일으키며 두 발로 왕필의 가슴을 차 거꾸러뜨린 뒤 그 칼을 빼앗아 왕필의 머리를 베어 한 손에 들고 적병과 좌충우돌하며 진문 밖으로 도망쳤다. 이때 원 어사는 군사 5백을 이끌고 적진 주변에서 대기하다가 맹지걸을 보자 단숨에 구해 자기 진영을 향해 달렸다.

이 소식을 들은 진용이 재빨리 군사들을 몰고 추격하

자 맹지걸은 보검을 들어 진융을 쳤는데 순간 진융의 한쪽 팔이 말 아래로 떨어졌다. 이에 맹지걸이 다시 칼을 높이 들어 진융을 치려는데 갑자기 안개가 자욱해지며 무수한 군병이 쫓아왔다. 원 어사와 맹지걸은 어쩔 수 없이 급히 말 머리를 돌려 성으로 돌아갔다.

왕필이 죽고 진융이 팔을 잃었다는 소식을 들은 진무는 놀랍고도 두려운 마음에 형주로 회군코자 했다. 그런데 군졸이 달려와 상산도사가 양평관에 도착했다는 소식을 전하자 급히 달려가 도사를 맞이하며 물었다.

"검각은 매우 험한 땅이요, 그곳을 지키는 장수 뇌진정은 패배를 모르는 맹장이라 들었습니다. 도사께서는 어떻게 그곳을 무사히 통과하셨나이까?"

상산도사가 말했다.

"뇌진정이 길을 막고 있기에 안개를 일으켜 세상을 어둡게 하고 넘어왔습니다. 그러나 뇌진정은 내가 그곳을 지난 줄도 모르고 그저 빈 진영만 지키고 있으니 어찌 근심하리오?"

진무가 근심하며 또 말하기를,

"맹지걸의 지모와 용맹함이 뇌진정보다 더하다 하니 또한 근심이로소이다."

하니 상산도사가 말했다.

"자사는 염려 마소서."

이적에 맹지걸이 성 위에 올라 전직을 살펴보니 운무가 자욱한 가운데 수많은 군사가 땅을 뒤덮고 있었다. 또한 적진 앞에 상산도사라는 글자가 쓰인 깃발이 우뚝 서 있었고 그 앞에는 신장이 10척이 넘어 보이는 한 장수가 천리마를 타고 있었다. 맹지걸이 큰소리로 외쳤다.

"우리 군사들을 물리고 피차 재주를 겨루어 보는 것이 어떠하냐?"

상산도사가 차갑게 웃으며 말했다.

"이름 없는 필부가 어찌 감히 나와 더불어 재주를 겨룰 생각을 하느뇨?"

이 말을 들은 맹지걸은 화가 나 칼을 뽑아 들고 말에 올라 곧장 상산도사에게 달려들어 그의 몸을 여러 번 찔렀다. 그러나 이상하게도 칼이 들지 않았을 뿐 아니라 도리어 칼이 튕겨 자기 손에 큰 충격을 주자 당할 수 없음을 깨닫고 말 머리를 돌려 젖 먹던 힘을 다해 성으로 돌아왔다. 상산도사가 본진으로 돌아오자 진무가 감탄하며 말했다.

"선생 앞에서 맹지걸은 어린아이와 같더이다. 선생의 용맹을 당할 자가 없으니 내 어찌 장영을 근심하리오?"

상산도사가 말했다.

"오늘은 도술을 쓰지 못했으나 내일은 마땅히 도술로

써 적을 섬멸하리라."

이때 장영은 주야로 말을 달려 양평관에 도착했는데, 맹지걸이 맞이하며 상산도사와 겨룬 일을 말하니 매우 이상한 생각이 들어 이튿날 직접 성 위에 올라 적진의 동정을 살폈다. 그리고 잠시 후 말하기를,

"이는 요괴의 기운이니 걱정할 바 아니라."

하니 맹지걸이 말했다.

"소장이 상산도사와 싸울 때 칼로 여러 번 찔렀으나 그 몸에 칼이 들지 않아 당할 수 없었나이다. 주공은 부디 경적101)지 마소서."

장영이 웃으며 말했다.

"그대는 내일 내가 이기는 것을 보라."

다음 날 장영은 군사들을 거느리고 적진 앞으로 나아가 상산도사에게 싸움을 걸었다. 그러자 곧 상산도사가 말을 타고 위풍당당하게 나타나 큰소리로 외쳤다.

"네가 감히 나에게 맞서는 것이냐?"

말을 마친 상산도사가 곧바로 장창을 들고 달려들자 장영은 있는 힘을 다해 싸웠다. 그러나 두 사람은 80여 합

---

101) 경적(輕敵) : 적을 얕봄.

이 되도록 승부를 보지 못했다. 이때 갑자기 광풍이 일어나며 안개가 자욱해지자 장영은 당할 수 없음을 알고 말 머리를 돌려 성문을 향해 달렸는데 상산도사가 추격하자 철퇴를 말 머리에 걸고 재빨리 활을 잡아 시위를 당겼다. 그런데 상산도사의 이마를 향해 힘차게 날아간 화살은 마치 돌을 맞힌 듯 튕겨 나왔다. 깜짝 놀란 장영은 상산도사가 바짝 다가오자 이번에는 힘차게 그 몸에 철퇴를 휘둘렀다. 그런데 상산도사는 철퇴를 맞고도 전혀 아무렇지 않다는 듯 더욱 속도를 내어 장영에게 달려들었다. 상산도사가 장영을 잡으려고 손을 뻗는 순간 다행히 뒤쪽에서 함성이 들리더니 뇌진정이 달려와 합세해 상산도사를 공격했다. 그러나 상산도사는 여전히 두려워하는 기색 없이 몰아쳤고 어느새 장영과 뇌진정은 상산도사의 후군에게 포위되었다. 이때 홀연 맹지걸이 장창을 들고 달려와 적병을 격퇴하자 상산도사는 마침내 군을 물렸다.

천신만고 끝에 본진으로 돌아온 장영이 뇌진정에게 말했다.

"도사에게 활과 창이 들지 않으니 참으로 어렵구나."

뇌진정이 말했다.

"더 이상한 것은 그놈이 장군과 싸울 때 입을 벌려 장군을 삼키려 하더이다. 또 운무가 자욱하던 중에 꼬리를 보앉사오니 그놈이 분명 사람은 아닐 것입니다."

이 말을 들은 장영이 잠시 생각한 뒤 말했다.

"그렇다면 계교로써 잡으리라."

그러고는 뇌진정의 귀에다가 계책을 전한 뒤 맹지걸에게는 화약과 염초를 준비해 불을 놓을 수 있도록 준비하라고 명했다. 이날 장영의 명을 받은 뇌진정은 편지를 써 화살에 매어 진무의 진영으로 쏘았으니 그 내용은 다음과 같았다.

> 뇌진정은 머리를 조아려 형주자사 앞에 글을 올립니다. 내가 검각을 지킬 때 상산도사가 그곳을 지나게 했다고 해 장영이 나를 죽이려 하니 분노를 금할 수 없습니다. 금일 장영이 성 위에서 적의 정세를 살필 때 내가 뒤에서 밀어 성 아래로 떨어뜨릴 것이니 이때 장군이 잡아 죽이시면 내가 맹지걸을 달래 투항하겠나이다.

뇌진정의 글을 본 진무는 매우 기뻐하며 이 소식을 상산도사에게 전하니 도사가 말했다.

"내가 잡으리다."

상산도사는 서둘러 군사를 거느리고 성 아래로 가 매

복했다. 과연 얼마 후 성 위에 말을 타고 순찰하는 장영의 모습이 보였다. 그리고 그 뒤에 칼을 들고 서 있던 뇌진정이 갑자기 장영의 말을 성 아래로 밀치니 장영은 그만 말을 탄 채로 성 밖으로 떨어지게 되었다. 이 모습을 본 상산도사는 기뻐하며 재빨리 입을 벌리고 달려와 추락하는 장영을 말 탄 채로 삼키려 했다. 그러나 추락한 것은 사실 지푸라기로 만든 초인(草人)으로 그 안에는 노끈으로 묶은 낚시가 들어 있었다. 상산도사가 초인을 입에 넣고 삼키려는 순간 맹지걸은 불화살을 당겨 노끈에 불을 놓고 곧장 상산도사를 추격했다. 달아나던 상산도사는 몸에 불을 끄고자 발버둥을 쳤으나 낚시가 목에 걸려 노끈이 떨어지지 않아 날뛰다가 마침내 검은 구름을 토했다. 그러자 바람이 미친 듯이 불어 군사들은 눈을 뜰 수 없었고 날아다니는 돌에 맞아 죽은 자도 부지기수였다. 잠시 후 힘이 빠진 상산도사는 자기 진영으로 돌아간 뒤에야 겨우 낚시를 뺄 수 있었고, 피 묻은 옷을 갈아입으며 반드시 원수를 갚겠다고 다짐했다.

이후 장영은 상산도사가 도술로 신병을 부려 거세게 공격해 오자 이를 당하지 못하고 재차 패했다. 그러던 하루는 뇌진정, 맹지걸과 함께 거의 상산도사에게 잡힐 뻔한 순간, 문득 한 도인이 나타나 죽장을 들어 땅을 치며 큰소리로 외쳤다.

"이 업축102)이 감히 장영을 해치느냐?"

그러자 상산도사와 허다한 군졸이 간데없었다. 장영이 도인에게 다가가 절하며 물었다.

"대인은 누구신데 우리 세 사람을 구하셨습니까?"

도인이 말했다.

"나는 검각산 신령이라. 상산도사가 내 집을 빼앗아 그놈을 잡으려 했으나 놈의 도술이 높아 변화가 불측하니 명산대천을 다니며 죽일 방법을 찾고 있었소. 그런데 얼마 전 금병산 노선이 찾아와 상산도사와 진무가 한통속이 되어 장영을 죽이려 하니 빨리 가서 없애라며 그놈 죽일 방법을 가르치고 갔으니, 오늘 그대에게 이 방법을 가르치러 왔소."

장영이 매우 기뻐하며 말했다.

"상산도사의 근본은 무엇입니까?"

검각산 신령이 말했다.

"그놈은 구리산에 사는 1천 5백 년 묵은 뱀이오. 장군이 진씨를 풀어 주었을 때 그놈이 진씨를 집으로 유인해

---

102) 업축(業畜) : 전생의 죄로 인해 이승에 태어난 짐승.

자기 계집으로 삼으려 했으나, 진씨가 요괴인 것을 알고 《옥추경》을 읊었으니 감히 범하지 못하고 그 후 진무를 도와 장군을 죽이고 진무의 사위가 되려 했던 것이오."

장영은 여러 번 감사한 뒤 검각산 신령과 함께 성으로 돌아와 상산도사 잡을 방법을 의논했다. 이후 장영과 검각산 신령은 성 밖으로 나와 군사들에게 칠성단[103]을 쌓게 했고 오방(五方)에 군사를 배치한 뒤 각 방위를 가리키는 깃발을 들려 오악산신[104]을 응하게 했으니, 동쪽 맡은 군사에게는 청기를 들려 청룡을 향했고 서쪽은 백기를 들려 백호를 향하게 했다. 또 남쪽과 북쪽에는 각각 적기와 흑기를 들려 주작과 현무를 향하게 했으며 중앙에는 황색 깃발을 세우고 검각산 신령이 직접 나와 오른손에 보검을 쥐고 하늘을 우러러 절했다. 그리고 장영에게 말하기를,

"상산도사와 싸울 때 이기려 들지 말고 패하는 척 달아나면 도사가 분명 따라올 것이니 만일 급한 일이 생기거든

---

103) 칠성단(七星壇) : 인간의 수명과 탄생, 재물과 재능을 관장하는 칠성신에게 제사를 지내기 위해 쌓은 단.

104) 오악산신(五岳山神) : 중국에 있는 다섯 개의 신비로운 산을 관장하는 신.

중앙 황색 깃발 아래 엎드리시오."

하고는 뇌진정과 맹지걸에게도 무언가를 지시하며 꼭 지키라 당부했다. 한편, 상산도사는 진무와 계교를 정한 뒤 군사를 이끌고 가 성도에 이르렀는데 성문은 굳게 닫혀 있었고 인적조차 없었다. 그런데 갑자기 포 쏘는 소리가 나더니 성문이 열리며 장영과 뇌진정, 맹지걸이 달려들어 진을 치니 하나같이 위풍이 늠름한 것이 진실로 범 같은 장수들이었다. 진무가 말 위에서 채찍을 들어 장영을 가리키며 말했다.

"네가 어찌 항복하지 않는 것이냐?"

장영이 큰소리로 욕하며 말했다.

"네가 구리산 요물에게 과부가 된 딸을 주겠다고 약속하고 동심합력해 불의를 행하는구나. 내 오늘 승부를 정할 것이니 우선 내 화살을 받아라."

장영이 활을 쏘자 진무는 왼편 다리를 맞고 말에서 떨어졌다. 이 모습을 본 진무의 아들 진융이 급히 달려들어 부친을 구해 달아나니 승세를 잡은 장영은 뇌진정, 맹지걸과 함께 이들을 추격했다. 그때 갑자기 광풍이 크게 일어나며 구름과 안개가 자욱했는데 그 사이로 커다란 붉은 뱀이 입을 벌리고 장영에게 달려드는 것이 보였다. 장영은 검각산 신령이 가르친 대로 때로는 싸우고 때로는 달아나며 어느새 뱀을 자기 진영으로 끌어들였고 위기의 순간이 오자 재빨리 황색기 앞에 엎드려 군사들에게 오방신기[105]를 흔들라고 명했다. 그러자 오방신장[106]과 사해신장[107]이 각각 신병을 거느리고 나타나 일시에 뱀에게 달려들었고, 검각산 신령이 하늘을 우러러 두 번 절하고 칼을 사방으로 휘두르자 하늘에서 철갑 입은 군사들이 달려들어 상산도사를 에워쌌다. 이때 검각산 신령이 보검을 하늘로 빼 땅으로 내려치자 동해에서 솟아나는 태양 같은 불덩이들이 번개같이 사방으로 퍼지며 어지럽게 도사를 공격했다. 잠시 후 누린내가 하늘로 솟고 천둥과 벼락이 진동하니 양편의 군사들이 혼비백산해 달아나다 자빠지는 자가 많았다. 이윽고 검각산 신령이 소리를 지르자 여러 신장은 간데없고 뱀 한 마리가 죽어 땅에 떨어졌는데 길이가

---

105) 오방신기(五方神旗) : 다섯 방위의 신장을 상징하는 깃발로 동쪽은 청색, 서쪽은 백색, 남쪽은 적색, 북쪽은 흑색이며 중앙은 황색임.

106) 오방신장(五方神將) : 오방(五方)을 지키는 신장으로 동방청제(東方靑帝)·서방백제(西方白帝)·남방적제(南方赤帝)·북방흑제(北方黑帝)·중앙황제(中央黃帝)라는 이름으로 불림.

107) 사해신장(四海神將) : 사해용왕(四海龍王)을 지키는 신장.

50장이요 굵기가 다섯 아름이었으며 붉은 비늘이 사면으로 1척이나 되었다.

상산도사가 죽자 진무는 크게 놀라 군사들을 물렸는데 이때 갑자기 함성이 진동하더니 장영이 뇌진정, 맹지걸과 함께 대대 인마를 거느리고 풍우같이 달려들었다. 결국 진무는 10만 대병의 태반을 잃었으며 남은 군사들 가운데 적지 않은 이가 쥐 숨듯 도망하니 기세가 꺾이고 힘이 빠져 얼마 남지 않은 패군을 거느리고 달아났다. 산을 넘어 다시 진을 친 진무가 여러 장수에게 말했다.

"이제 상산도사가 죽고 남은 군사는 겨우 3천이니 빨리 형주로 돌아가느니만 못할 것이다."

이때 장영은 성으로 돌아와 검각산 신령에게 전쟁을 승리로 이끌어 준 것에 감사하며 보답할 방도를 물었다. 그러자 신령이 말했다.

"장군이 요괴가 웅거하던 내 집을 수리해 준다면 만행일까 하오."

그러자 장영이 말하기를,

"그 무엇이 어렵겠습니까? 노선께서 말씀하신 대로 집을 수리하겠나이다. 또 진무를 없애고자 하니 어찌하면 좋으리까?"

하니 검각산 신령이 말했다.

"그것은 내 알 바 아니오. 그러나 살육을 많이 하면 음덕에 해로우니 장군은 부디 인덕을 쌓고 도를 닦으시오."

 말을 마친 검각산 신령이 인사하고 몇 보를 움직이자 그 종적이 묘연했다. 놀란 장영은 하늘을 향해 무수히 감사의 인사를 한 뒤 장졸들을 배불리 먹이고 더 이상 진무를 추격하지 않았다. 또한 천자께 표를 올려 전후 사정을 전했으나 천자는 귀비를 총애해 진무의 죄를 묻지 않았고 혹여 진무가 장영에게 해를 입을 것을 걱정해 진무를 양주자사(揚州刺史)로 옮기게 했다. 그러나 진무는 양주로 부임하던 길에 그만 화를 참지 못해 병이 들어 노상에서 죽었다.

 어느덧 장영의 나이가 36세가 되었다. 그간 부인 원 씨가 아들 셋을 낳았는데 장자의 이름은 규남이고 차자는 규필이며 삼자는 규경이었다. 삼 형제가 모두 부친과 모친을 고루 닮아 하나같이 빼어났으니 칭찬하지 않는 이가 없었다. 이후 장영은 벼슬길에 뜻이 없어 사직하고 금병산으로 들어가 노선을 만났다. 노선은 반가워하며 장영에게 선약[108] 다섯 개를 주었고 집으로 돌아온 장영은 두 모친

---

108) 선약(仙藥) : 신선이 만들었다고 하는 장생불사의 영약. 선

및 아내와 함께 약을 나누어 먹었다. 그 후 장영은 세상사에 뜻이 없어져 벽곡[109]하며 도를 닦았는데 그러던 어느 날 노선이 찾아와 말했다.

"그대는 세상 사람과 다르니 내 뒤를 따르라."

장영은 두 모친 및 부인과 함께 노선을 따라갔다. 삼 형제는 같은 날 양 조모와 부모가 사라지자 슬퍼하며 상복을 입고 명산(名山)을 찾아 허장[110]했다.

단(仙丹).

109) 벽곡(辟穀) : 곡식은 안 먹고 솔잎, 대추, 밤 따위만 날로 조금씩 먹음.

110) 허장(虛葬) : 오랫동안 생사를 모르거나 시체를 찾지 못하는 경우 시체 없이 그 사람의 옷가지나 유품으로써 장례를 치르는 것.

원문

⟨1a⟩ 화셜(話說). 디송(大宋) 말년(末年)의 남양 ᄯᅡ희 흔 션비 이스되 셩(姓)은 장이오 명(名)은 필한이니 도학(道學)이 탁월(卓越)흔 션빈라. 쇼년등과(少年登科)¹⁾ ᄒᆞ여 한님학ᄉᆞ(翰林學士)로 닛더니 부뫼(父母) 년노(年老)ᄒᆞ므로 상표(上表)²⁾ ᄉᆞ직(辭職)ᄒᆞ고 고향(故鄕)의 도라와 부모를 봉양(奉養)ᄒᆞ더니 그 쳐(妻) 한시는 졀식(絶色)이오 슉녜(淑女)라. 일일(一日)은 일몽(一夢)을 어드되 텬문(天門)이 열니며 션관(仙官)이 ᄂᆞ려와 한시더러 왈(曰)

"나는 한(漢)ᄂᆞ라 어ᄉᆞ티부(御使太夫) 범방(范滂)의 ᄋᆞ들이러니 지원(至冤)³⁾히 죽엇기로 옥데(玉帝) 불상히 녀겨 하계(下界)의 졈지ᄒᆞ시니 쳥쥬산 녕(靈)이 이리로 지시(指示)ᄒᆞ오민 부인(夫人)긔 의지(依支)ᄒᆞ와 아비 원슈(怨讎)를 갑고져 ᄒᆞᄂᆞ이다."

ᄒᆞ니 한시 ᄭᅢ다라 의아(疑訝)ᄒᆞ더니 과연(果然) 잉ᄐᆡ(孕胎) 십삭(十朔)의 일개(一介) 옥동(玉童)을 싱(生)ᄒᆞ

---

1) 쇼년등과(少年登科) : 소년등과. 어린 나이에 과거에 급제하던 일.

2) 상표(上表) : 임금에게 글을 올림.

3) 지원(至冤) : '지원극통(至冤極痛)'의 줄임말. 지극히 원통함.

니 긔질(器質)이 비상(非常)흔지라. 학ᄉ(學士) 부뷔(夫婦) 디희(大喜)ᄒ여 일홈을 영이라 ᄒ고 ᄌ(字)를 운뵈라 ᄒ다.

ᄎ시(此時) 학ᄉ 부뫼 니어 기셰(棄世)ᄒᄆᆡ 삼년(三年) 결복(闋服)⁴⁾ 후의 시즁(侍中) 벼슬를 ᄒ엿더니 송국(宋國)이 망(亡)ᄒ고 원(元)이 텬ᄌ(天子) 되ᄆᆡ 시즁이 벼슬를 ᄇᆞ리고 고향의 도라와 쳥쥬〈1b〉산 명(名)을 이졔산(夷齊山)이라 ᄒ고 촌명(村名)을 도령촌(陶令村)이라 ᄒ니 불ᄉ이군(不事二君)ᄒᆯ ᄯᅳᆺ을 밝히미러라. ᄎ시 남양퇴슈 오셰신은 본(本)이 픽악지뉴(悖惡之類)⁵⁾라. 시즁의 고명(高名)을 싀긔(猜忌)ᄒ여 히(害)ᄒᆞᆯ 마음을 두어 ᄆᆡ양 쳥(請)ᄒ되 시즁이 그 불인(不仁)ᄒᆷ을 알고 가지 아니ᄒ니 셰신이 노(怒)ᄒ여 허언(虛言)으로 반포(頒布)ᄒ되, '필한이 송(宋)을 위(爲)ᄒ여 불궤지심(不軌之心)을 두다.' ᄒ고 시즁을 잡ᄋᆞ다가 쥭이려 ᄒᆞᆯᄉᆡ 한시 망극(罔極)ᄒ여 원졍(原情)을 가지고 아즁(衙中)의 드

---

4) 결복(闋服) : 어버이의 삼년상을 마침.

5) 픽악지뉴(悖惡之類) : 패악지류. 사람으로서 마땅히 해야 할 도리에 어그러지고 흉악한 무리.

러가니 셰신이 시즁을 져쥬다가 문득 보니 일위(一位) 부인(夫人)이 빗 업슨 옷슬 입고 녹발(綠髮)를 훗트러시ᄂ 용모(容貌) 긔질(器質)이 진짓 경국지싴(傾國之色)이라. 심신(心身)이 황홀(恍惚)ᄒ여 문왈(問曰)

"져 엇던 부인인고?"

한시 옥셩(玉聲)을 놉혀 왈

"쳡(妾)은 쟝 시등의 쳐 한시러니 이제 가뷔(家夫) 원억(冤抑)히 쥭게 되엿기로 이미(曖昧)ᄒ 졍ᄉ(情事)를 알외고져 ᄒᄂ이다."

셰신이 원정을 올녀 보니 ᄉ의(辭意) 가쟝 쳐졀(悽絕)ᄒ지라. 더욱 흠모(欽慕)ᄒ여 흉계(凶計) 쳡츌(疊出)ᄒ미 아직 한시를 달뇌여 은혜(恩惠)를 밋고 필한을 쥭여 욕심(慾心)을 치오고져 ᄒ〈2a〉여 공경답왈(恭敬答曰)

"착ᄒ다. 부인의 문쟝(文章)과 졀의(節義)를 항복(降伏)ᄒᄂ 이 일은 됴명(朝命)을 밧ᄌ와 다ᄉ리미니 임의(任意)로 홀 빅 아니라. 아모조록 도모(圖謀)ᄒ리니 물너가믈 쳥ᄒ노라."

ᄒ고 필한을 하옥(下獄)ᄒ니 한시 ᄉ례(謝禮)ᄒ고 도라간 후 셰신이 마음이 젼혀 한시의게 이셔 싱각ᄒ되

'필한을 살녀 두고는 취(取)홀 길 업고 쥭여셔는 슌종(順從)홀 니 업스리니 기셰냥난(其勢兩難)[6]이라.'

결(決)치 못ᄒᆞ다가 일계(一計)를 싱각ᄒᆞ고 깃거ᄒᆞ니 ᄎᆞ시 영능틱슈 진한은 셰신의 졀긔지위(切己知友)⁷⁾라. 진한의게 ᄎᆞᄉᆞ(此事)를 누통(漏通)ᄒᆞ여 약속(約束)ᄒᆞ고 한시를 쳥ᄒᆞ여 왈

"시즁의 죄를 풀고져 ᄒᆞ엿더니 됴졍(朝廷)의셔 죄인을 구호(救護)ᄒᆞᆫ다 ᄒᆞ여 나를 츄고(推考)⁸⁾ᄒᆞ시고 시즁을 영능으로 이슈(移囚)⁹⁾ᄒᆞ여 다ᄉᆞ리라 ᄒᆞ여스니 영능 틱슈는 나의 친위(親友)라. 쳥ᄒᆞ여 시즁을 구ᄒᆞ면 부인이 그 은혜를 무어스로 갑고져 ᄒᆞᄂᆞ뇨?"

한시 울며 왈

"틱슈는 현명(賢明)ᄒᆞ신 관원(官員)으로 이졔 ᄋᆞ녀ᄌᆞ(兒女子)의게 은혜 밧기를 바라시니 그윽이 항복지 아니ᄒᆞᄂᆞ이다."

ᄒᆞ며 긔운(氣運)이 셔리 갓거늘 셰신이 딕참(大

---

6) 기세냥난(其勢兩難) : 기세양난. 이럴 수도 없고 저럴 수도 없어 그 형세가 딱함.

7) 졀긔지위(切己知友) : 절기지우. 자기에게 꼭 필요한 친구.

8) 츄고(推考) : 추고. 벼슬아치의 허물을 자세히 캐며 꾸짖어 물음.

9) 이슈(移囚) : 이수. 죄인을 다른 곳으로 옮김.

慚)ᄒ여 왈

"우연히 실언(失言)ᄒ여스니 부인은 용셔ᄒ라."

한시 왈

"이졔 가부(家夫)를 이슈흔다 ᄒ니 흔 장 글노 영능의 부탁ᄒ여 쥬시면 결초보은(結草報恩)ᄒ리이다."

셰신이 응낙(應諾)고 셔간(書簡)을 닷가 보ᄂᆡ니 한시 그 흉계(凶計)를 모로고 다힝히 녀겨 영능으로 가니라.

한시 영능의 니르러는 옥졸(獄卒)이 막고 드리지 아니커늘 한시 통곡(痛哭)ᄒ며 토혈(吐血)ᄒ니 옥졸이 가련(可憐)히 녀겨 문을 여러 쥬는지라. 한시 드러가 시즁을 붓들고 통곡ᄒ니 시즁이 졍ᄉᆡᆨ왈(正色曰)

"내 본딕 송조 신하로 죽지 못ᄒ고 지금 이스믄 불츙(不忠)이라. 하늘이 뮈이 녀기스 간신의게 죽게 ᄒ시미니 구ᄎᆞ(苟且)히 스라 무엇 ᄒ리오? 부인은 슬허 말고 나 죽은 후의 ᄋᆞᄌᆞ(兒子)를 다리고 남쥬 금병산으로 드러가면 ᄌᆞ연 구홀 스름이 이슬 거시니 ᄋᆞᄌᆞ를 셩인(成人)ᄒ여 션조(先祖) 후ᄉᆞ(後嗣)를 니으라."

ᄒ고 ᄋᆞᄌᆞ를 안고 통곡ᄒ니 영ᄋᆞ는 삼셰(三歲)라. 영오특달(穎悟特達)[10]ᄒ여 부뫼 울믈 보고 슬허ᄒ여 부친의 슈염을 어로만지며 왈

"야야(爺爺)[11]는 쇼ᄌᆞ(小子)를 ᄇᆞ리고 어듸로 가려

ᄒᆞᄉ 이리 슬허〈3a〉ᄒᆞ시ᄂᆞ잇고? 이곳이 누츄(陋醜)ᄒᆞ니 우리 집으로 가ᄉᆞ이다."

ᄒᆞ며 우니 시즁이 긔운이 막혀 ᄋᆞᄌᆞ를 부인긔 맛져 왈

"이 ᄋᆞ히(兒孩) 쟝셩(長成)ᄒᆞ면 나의 원슈(怨讎)를 갑고 부인을 영양(榮養)12)ᄒᆞᆯ 거시니 부인은 슬허 말고 셜니 도라가쇼셔."

한시 마지못ᄒᆞ여 통곡 ᄒᆞ직(下直)고 나오더니 옥문(獄門) 밧긔 슐 파는 노픠(老婆) 한시ᄅᆞᆯ 보고 왈

"부인 경상(景狀)이 가련ᄒᆞᆫ지라. 내 집의셔 뉴(留)ᄒᆞ다가 샹공(相公) 싱ᄉᆞ(生死)를 듯보쇼셔."

한시 쏘흔 그러히 녀겨 노파를 ᄯᅩ라가니 원닉 이 노파는 틱슈 오셰신의 유뫼(乳母)라. 셔로 약속ᄒᆞ여 그 거동(擧動)을 탐지(探知)ᄒᆞ라 ᄒᆞ미러라. 틱슈 진한이 시즁을 올녀 죄목(罪目)을 다시 뭇지 안코 죽이려 ᄒᆞ거늘 시즁이 ᄎᆞ경(此境)을 당(當)ᄒᆞᄆᆡ 엇지 ᄒᆞᆯ 길 업셔 품으로

---

10) 영오특달(穎悟特達) : 남보다 뛰어나게 영리하고 슬기로우며 사리에 밝고 재주가 뛰어남을 말함.

11) 야야(爺爺) : 아버지를 높여 이르던 말.

12) 영양(榮養) : 지위와 명망을 얻어 부모를 영화롭게 잘 모심.

셔 칼를 니여 주문(自刎)13)ᄒ니라. 한시 시즁 신체(身體)를 붓들고 통곡ᄒ니 노픠 위로왈(慰勞曰)

"이제는 속졀업스니 내 집의 가 치상(治喪)ᄒ여 본향(本鄕)으로 반장(返葬)14)ᄒ쇼셔."

ᄒ니 한시 그러히 녀겨 신쳬를 한미 집으로 드리고 쥬야(晝夜) 호곡(號哭)ᄒ더니 한미 관곽등졀(棺槨等節)15)를 갓초와 쥬며 그 고을 스름이 〈3b〉 불상히 녀겨 닷토와 운구(運柩)ᄒ여 쥬거늘 한시 션영(先塋)의 안장(安葬)ᄒ고 주결(自決)코져 ᄒ다가 시즁의 유탁(遺託)을 싱각ᄒ고 슬푸물 억제(抑制)ᄒ여 셰월(歲月)를 보ᄂ더니 일일(一日)은 노픠 왓거늘 한시 반겨 마즈 후ᄃ(厚待)ᄒ고 치상ᄒ여 준 은혜를 스례ᄒᄂᄃ 한미 겸양(謙讓)ᄒ여 왈

"부인이 고은 얼골이 쇠(衰)치 아니ᄒ엿거늘 엇지 독

---

13) 주문(自刎) : 자문. 스스로 자기 목을 찌름.

14) 반장(返葬) : 객지에서 죽은 사람을 그가 살던 곳이나 고향으로 옮겨다가 장사하는 것.

15) 관곽등졀(棺槨等節) : 관곽등절. 관곽을 비롯한 모든 장례의 예절과 절차를 통틀어 이르는 말.

슈공방(獨守空房)의 고초(苦楚)를 감심(甘心)ᄒᆞ시ᄂᆞ뇨?"

한시 정쉭왈(正色曰)

"녈(烈) 불ᄉᆞ이뷔(不事二夫)라 ᄒᆞᄂᆞ니 엇지 참ᄋᆞ 이런 말를 ᄒᆞ는다?"

한미 왈

"부인은 지기일(知其一)이오 미지기이(未知其二)로다. 유셰(有勢)ᄒᆞᆫ 스름이 약(弱)ᄒᆞᆫ 써를 타 강탈(强奪)ᄒᆞᆯ진ᄃᆡ 쏘흔 졀(節)를 보젼(保全)치 못ᄒᆞᆯ지라. 셩인(聖人)도 권되(權道) 잇ᄂᆞ니 마음을 두루혀 권문셰가(權門勢家)의 몸을 의탁(依託)ᄒᆞ여 공ᄌᆞ(公子)를 셩인ᄒᆞ면 이엇지 지혜 아니리오?"

한시 왈

"비록 죽을지연졍 실졀(失節)ᄒᆞᆫ 스름이 되고져 아니ᄒᆞ노라."

한미 왈

"져젹의 오 틱쉬 부인을 흠모(欽慕)ᄒᆞ여 쳡으로 즁미(仲媒)ᄒᆞ라 ᄒᆞ시니 만일 허혼(許婚)ᄒᆞ면 부귀(富貴) 영총(榮寵)이 무흠(無欠)ᄒᆞᆯ 거시오 불연즉(不然則) 강박(强迫)ᄒᆞ는 욕(辱)을 면(免)치 못ᄒᆞ리이다."

한시 ᄃᆡ경(大驚) ⟨4a⟩ ᄃᆡ로왈(大怒曰)

"오젹(吳敵)16)은 날과 불공ᄃᆡ텬지쉬(不共戴天之

讎)17)라. 가지록 나를 업슈히 녀겨 더러온 말노 욕(辱)ᄒᆞ는다? 한미는 ᄲᆞᆯ니 가고 다시 오지 말나."

한미 다시 말를 못ᄒᆞ고 도라가니 한시 한미를 보닌 후 다시 싱각ᄒᆞ되

'이 긔회를 타 속여 원슈를 갑고 망부(亡夫)의 뒤흘 조츠리라.'

익일(翌日)의 한미를 불너 웃고 왈

"내 어제 쥰칙(峻責)ᄒᆞ믈 한미는 노(怒)치 말나. 내 형세(形勢) 실노 한미 말 갓튼 고로 부득이(不得已) 허ᄒᆞ나니 한미는 잘 쥬션(周旋)ᄒᆞ라."

한미 깃거ᄒᆞ여 왈

"부인의 통달(通達)ᄒᆞ신 쇼견(所見)이 만년(萬年) 복경(福慶)이로쇼이다. 틱쉬 시즁을 구코져 ᄒᆞ던 쥴은 부인도 아는 빈오 치샹홈도 틱슈의 보니신 빈라. 틱슈의 은혜 업슬지언졍18) 원슈는 업ᄂᆞ니 부부 되미 무삼 혐의

---

16) 오젹(吳敵) : 오적. 오씨 성을 가진 원수(怨讎)를 말하는 것으로 오세신을 말함.

17) 불공ᄃᆡ텬지쉬(不共戴天之讎) : 불공대천지수. 같은 하늘을 받들면서 함께 살 수 없는 지독한 원수.

(嫌疑) 이스리오?"

한시 왈

"초종(初終)가지 쥬션ᄒ시니 은혜 더욱 망극ᄒ도다. 한미는 오 틱슈와 엇지 친ᄒ더뇨?"

한미 한시 흔연(欣然)ᄒ여 ᄒ믈 암희(暗喜)ᄒ여 실스(實事)를 다 니르거늘 한시 듯고 심즁(心中)의 디로(大怒)ᄒ나 거즛 흔연왈(欣然曰)

"내 한미 졍셩(精誠)을 감동(感動)ᄒ여 허ᄒ엿느니 장닉(將來) 〈4b〉 여의(如意)치 못ᄒ면 한미를 요딕(饒貸)19)치 아니리라."

ᄒ고 한미를 보닌 후 슬허 왈

"오적이 시즁을 모살(謀殺)20)ᄒ고 나를 달닉고져 ᄒ니 이 원슈를 갑지 못ᄒ면 디하(地下)의 가 무슴 면목(面目)으로 시즁을 보리오? 시즁을 감장(勘葬)21)ᄒ 거시 오

---

18) 업슬지연졍 : 없을지언정. 문맥상 '있을지언정'의 오기로 추정되며 구활자본에도 "은혜 잇실지언졍"으로 서술되어 있다.

19) 요딕(饒貸) : 요대. 너그러이 용서함.

20) 모살(謀殺) : 미리 꾀해 사람을 죽임.

21) 감장(勘葬) : 장사(葬事) 치르는 일을 마침.

젹의 지물(財物)이니 그져 두지 못ᄒ리라."

ᄒ고 약간 젼토(田土)ᄅᆞᆯ 파라 관곽을 갓초와 기장(改葬)ᄒᄂ니라.

이ᄯᅥ 한미 도라가 한시의 문답ᄉ(問答事)ᄅᆞᆯ 젼ᄒ니 셰신이 디희ᄒ여 한미ᄅᆞᆯ 즁샹(重賞)ᄒ고 ᄐᆡᆨ일(擇日)ᄒ여 빙폐(聘幣)ᄅᆞᆯ 보ᄂᆡ니 한시 한미ᄅᆞᆯ 관ᄃᆡᄒ여 보ᄂᆡᆫ 후 시비(侍婢) 계향이 울며 왈

"ᄒᆞ, 남ᄌᆞ(男子) 어듸 업셔 굿트여 원슈ᄅᆞᆯ 좃고져 ᄒ시ᄂᆞ뇨? 공ᄌᆞ는 시즁의 골육(骨肉)이니 쇼비(小婢) 업고 나가ᄂᆞ이다."

한시 통곡ᄒ며 원슈 갑풀 계교(計巧)ᄅᆞᆯ 셜파(說破)ᄒ니 계향 왈

"그러면 삼가 ᄒᆡᆼᄒᆞ쇼셔."

ᄒ더니 이러구러 길일(吉日)이 다다르ᄆᆡ 한시 쥬찬(酒饌)을 갓초고 계향을 불너 여ᄎᆞ여ᄎᆞ(如此如此)ᄒ라 ᄒ고 ᄂᆡ외(內外)ᄅᆞᆯ 분별(分別)ᄒ여 포진(鋪陳)[22]을 비셜(排設)ᄒ며 한시 담쇼(談笑) ᄌᆞ약(自若)ᄒ니 굿보는 ᄉᆞ름이 한시의 ᄒᆡᆼᄉᆞ(行事)ᄅᆞᆯ 고이 녀기더라.

---

22) 포진(鋪陳) : 잔치 따위를 벌이면서 앉을 자리를 마련해 깖.

셰신이 위의(威儀)23)를 〈5a〉 갓초와 장부(張府)로 갈 시 그 쳐 진시는 현쳘(賢哲)흔 부인이라. 셰신더러 왈

"이제 신의(新衣)를 입고 어듸로 가려 ᄒᆞᄂᆞ뇨?"

셰신 왈

"부인이 ᄋᆞ들를 나하던들 이 일를 내 엇지 힝ᄒᆞ리오?"

ᄒᆞ고 한시의 ᄉᆞ연(事緣)을 젼ᄒᆞ니 진시 왈

"불가(不可)ᄒᆞ다. 무죄(無罪)흔 ᄉᆞ름을 죽이고 그 쳐 를 아스면 이는 불의(不義)니이다."

셰신이 노왈(怒曰)

"년노(年老)흔 부인이 싀긔ᄒᆞ는다?"

진시 왈

"일이 불가ᄒᆞ믈 니르미라. 엇지 투긔(妒忌)ᄒᆞ미 이스 리오? 이 일이 필연(必然)코 후환(後患)이 되리니 가지 마르쇼셔."

셰신이 되로ᄒᆞ여 썰치며 왈

"길ᄉᆞ(吉事)의 부인이 복(福) 업슨 말를 ᄒᆞ는도다."

ᄒᆞ고 밧비 혼가(婚家)의 니르니 난만(爛漫)히 포진ᄒᆞ 고 가온듸 쥬렴(珠簾)을 드리웟는듸 그 안히 한 부인이

---

23) 위의(威儀) : 위엄 있고 엄숙한 태도와 차림새.

이셔 시비로 젼어왈(傳語曰)

"첩이 명되(命途) 긔구(崎嶇)ㅎ여 삼종지탁(三從之托)이 업더니 틱쉭 은혜로 거두고져 ㅎ미 부득이 이 거조(擧措)를 ㅎㄴ 몸의 최복(衰服)이 잇고 쏘흔 이 집이 망부의 집이라. 이믜 몸을 허흔 후는 절 아니ㅎ믈 구익(拘礙)흘 빈 업ㄴ니 아직 권도로 좌(座)를 졍ㅎ고 쥬빈(酒杯)로 쥬긱지녜(主客之禮)를 힝흔 후 이 집을 써ㄴ〈5b〉는 놀 복식(服色)을 곳치고져 ㅎㄴ이다."

셰신이 옥성(玉聲)이 도도ㅎ믈 듯고 더욱 스랑ㅎ여 회보왈(回報曰)

"부인 쇼원(所願) 디로 ㅎ려니와 이믜 부인이 니게 허신(許身)ㅎ미 니외ㅎ미 불가ㅎ니 쥬렴을 거드쇼셔."

한시 젼어왈

"첩이 부득이 훼졀(毁節)ㅎ여스ㄴ 밝은 놀 낫츨 드

---

24) 명되(命途) : 명도. 운명과 재수를 아울러 이르는 말.

25) 최복(衰服) : 부모·조부모·증조부모·고조부모 등의 상중에 입는 상복(喪服).

26) 쥬긱지녜(主客之禮) : 주객지례. 주인과 손님의 예.

27) 훼졀(毁節) : 절개나 지조를 깨뜨림.

러 상디(相對)ᄒ미 붓그려 쥬렴을 드리미니 군ᄌ(君子)는 강박(強迫)지 마르쇼셔."

셰신이 셔어ᄒᄂ 힝혀 노홀가 두려 좌졍(坐定)ᄒ거늘 한시 계향을 불너 상을 드리고 크28) 잔의 슐를 부어 오라 ᄒ니 계향이 셰신의게 상을 올니고 슐를 부어 한시긔 몬져 드리니 한시 바다 마시고 쏘 부어 셰신의게 젼ᄒ니 셰신이 황망(慌忙)히 ᄇ다 먹을식 오는 디로 삼비(三盃)를 거후르고 의긔양양(意氣揚揚)ᄒ여 즐거온 즁의 쏘 한 잔을 ᄇ다 마시미 졍신이 혼미(昏迷)ᄒ여 말를 못ᄒ거늘 한시 시비를 불너 셰신을 붓드러 닉당(內堂)의 누이고 거즛 틱슈의 말노 하인(下人)의게 분부(分付)ᄒ되

"삼일(三日) 후(後) 환관(還官)ᄒᆯ 거시니 그쩍 부인 위의를 ᄎ려 디령(待令)ᄒ라."

ᄒ〈6a〉니 관속(官屬)29)이 쳥녕(聽令)ᄒ고 도라가니라.

ᄂᆯ이 져믈미 한시 계향더러 드러가 보라 ᄒ니 이믜 죽

---

28) 크 : '큰'의 오기.
29) 관속(官屬) : 지방 관아의 아젼이나 하인.

언 지 오린지라. 한시 손의 칼를 들고 닉당의 드러가 셰신의 스지(四肢)를 가르고 간(肝)을 닉여 시즁 영위(靈位)의 놋코 졔문(祭文) 지어 제(祭)훈 후 계향을 불너 왈

"내 이제 상공(相公)의 원슈를 갑하시니 스무여한(死無餘恨)30)이라. 우리 골육이 이 오희쑨이라. 네게 부탁ᄒᆞᄂᆞ니 나 죽은 후라도 잘 보호ᄒᆞ여 장시(張氏) 후ᄉᆞ(後嗣)를 닛게 ᄒᆞ면 구텬타일(九泉他日)31)의 보은(報恩)ᄒᆞ리라."

계향이 울며 왈

"부인이 이믜 보슈(報讎)ᄒᆞ엿거늘 엇지 죽고져 ᄒᆞ시ᄂᆞ잇고?"

한시 왈

"셰신을 죽인 쥴 그 가속(家屬)32)이 알면 반다시 보슈코져 ᄒᆞ리니 난쳐(難處)ᄒᆞ고 살기를 ᄇᆞ라고 다라나다가 잡힐진딕 일신(一身)의 누욕(累辱)33)이 비경(非輕)ᄒᆞ리

---

30) 스무여한(死無餘恨) : 사무여한. 죽어도 남은 한이 없음.

31) 구텬타일(九泉他日) : 구천타일. 죽어서 저승에 가는 날.

32) 가속(家屬) : 한집안에 속한 구성원.

33) 누욕(累辱) : 여러 차례 욕을 보거나 모욕을 당함.

니 내 손으로 죽어 조흔 귀신(鬼神)이 되리라."

계향이 울며 왈

"쇼비(小婢)와 도망(逃亡)ᄒᆞ여 면화(免禍)ᄒᆞ믈 ᄇᆞ라ᄂᆞ이다."

ᄒᆞ니 이셕 영이 삼셰라. 이 말를 듯고 쳬읍왈(涕泣曰)

"이제 쇼ᄌᆞ를 ᄇᆞ리고 모친이 어듸로 가려 ᄒᆞ시ᄂᆞ뇨? 틱틱(太太)와 한가지로 죽고져 ᄒᆞᄂᆞ〈6b〉다."

ᄒᆞ며 발를 구르거ᄂᆞᆯ 한시 이 경상을 보미 ᄎᆞ마 죽지 못ᄒᆞ여 계향을 불너 왈

"상공(相公)이 영능 옥즁(獄中)의셔 말ᄉᆞᆷ을 여ᄎᆞ여ᄎᆞ ᄒᆞ시니 아모커ᄂᆞ 금병산으로 가리라."

ᄒᆞ고 경보(輕寶)를 슈습(收拾)ᄒᆞ여 영을 계향의게 업피고 셔(西)흐로 가니라.

이젹의 진시 틱쉬 혼가(婚家)로 간 후 홀연(忽然) 심신(心身)이 놀납더니 이날 ᄭᅮ믜 한 ᄉᆞ름이 틱슈의 머리를 쓰더먹는지라. 놀ᄂᆞ 통곡ᄒᆞ다가 ᄭᅢ여 가슴을 두다리며 왈

---

34) 틱틱(太太) : 태태. 어머니를 예스럽게 이르는 말.

35) 경보(輕寶) : 몸에 지니고 다니기에 편한 가벼운 보배.

"틱슈 화(禍)를 맛느도다."

호고 급히 하인을 불너 무르니 하인이 쥬(奏)호되

"어졔 디례(大禮)36)를 지닌 후 틱슈 여츳여츳 분부(分付)호더라."

호거놀 진시 혜오디

'내 넘녀(念慮)를 과히 호여 그러호민가?'

호고 삼일(三日)를 기드려 하인을 장부로 보니니 문젼(門前)이 젹뇨(寂寥)호민 무를 곳이 업셔 방황(彷徨)호더니 긔와 돗치 무어슬 닷토와 쓰더먹거놀 주시 보니 스름의 다리라. 의혹(疑惑)호여 닉당의 드러가 본즉 스름의 신체 이스되 스지와 목이 업고 비를 갈낫는지라. 하인 등이 디경호여 두로 〈7a〉 숢펴보니 탁상(卓上)의 머리 노혀시되 노37)흐로 두 눈을 쎄고 칼를 쇠자거놀 주시 보니 틱슈의 머리라. 스지를 모흐미 두 팔이 업는지라. 싯가지고 도라오니 진시 긔졀호여 업더져다가 계우 정신을 츠려 신체를 본즉 극히 추악(嗟愕)호미 슬피 통곡호며 일변 치상호고 일변 하인을 분부호여 한시를 잡

---

36) 디례(大禮) : 대례. 혼인을 치르는 큰 예식.

37) 노 : 실・삼・종이 따위를 가늘게 비비거나 꼬아 만든 줄.

ㅇ드리면 쳔금샹(千金賞)을 쥬리라 ᄒᆞ니 그즁 빅여인(百餘人)이 ᄌᆞ원(自願)ᄒᆞ고 ᄉᆞ면(四面)으로 훗터가니라.

 이ᄯᅥ 한시 계향을 다리고 쇼로(小路)를 ᄎᆞᄌᆞ 힝홀ᄉᆡ ᄉᆞ면의 초목(草木)이 무셩(茂盛)ᄒᆞ여 길를 분변(分辨)치 못ᄒᆞᄂᆞᆫ지라. 계향을 붓들고 종일(終日) 힝ᄒᆞ미 한 거름의 세 번식 업더지며 갈ᄉᆞ록 인젹(人跡)이 업더니 한 곳의 큰 고기를 너머가미 압히ᄂᆞᆫ 틱산(泰山)이 하늘의 다핫고 홍일(紅日)은 셔산(西山)의 걸녓ᄂᆞᆫ지라. 노쥬(奴主) 쥭을힘을 다ᄒᆞ여 뫼흘 너머가니 이믜 삼경(三更)이라. 발이 부릇고 긔운이 쇠진(漸盡)ᄒᆞ여 촌보(寸步)를 움작이지 못ᄒᆞ고 셔로 붓들어 눈물를 흘니더니 문득 건넌편 언덕의 〈7b〉 화광(火光)이 휘황(輝煌)ᄒᆞ고 인셩(人聲)이 들니거늘 한시 노쥬 반겨 셔로 붓들고 불를 ᄎᆞᄌᆞ 가니 그 불이 졈졈(漸漸) 갓가이 오거늘 숨퍼보니 장졍(壯丁) 슈십인(數十人)이 병긔(兵器)를 들고 다라오는지라. 한시 도젹인가 겁ᄒᆞᄂᆞ 긔운이 진(盡)ᄒᆞ여 피치 못ᄒᆞ고 계향더러 왈

 "이졔 나는 홀일업셔 쥭으니 너는 공쥬를 다리고 급히 피ᄒᆞ라."

 ᄒᆞ고 봉ᄎᆡ(鳳釵)를 둘히 난화 영을 치오고 니별홀ᄉᆡ 계향이 영을 업고 슈풀의 숨어더니 졔젹(諸賊)이 한시

룰 보고 왈

"이 부인이 우리 틱슈룰 죽인 부인이라."

ᄒ고 결박(結縛)ᄒ여 말긔 시러가니 한시 장탄왈(長歎曰)

"내가 군(君)[38]을 위ᄒ여 보슈ᄒ고 ᄌ결(自決)ᄒ미 올커늘 ᄌ식을 위ᄒ여 살기를 도모ᄒ다가 이 지경(地境)을 당ᄒ니 누룰 한(恨)ᄒ리오?"

ᄒ며 조곰도 두리는 빗치 업더니 그즁 김함이란 놈이 한시의 ᄌ식(姿色)을 흠모ᄒ여 민 거슬 그르며 옥슈(玉手)룰 잡아 왈

"부인이 이졔 가미 죽을 거시니 날과 살미 엇더ᄒ뇨?"

한시 급히 팔룰 쎅쳐 그놈의 칼룰 아ᄉ 들고 딕〈8a〉미 왈(大罵曰)

"네 감히 나룰 욕ᄒ는다? 죽어도 이 손을 두지 못ᄒ리라."

ᄒ고 버혀 더지고 ᄌ문코져 ᄒ니 졔인(諸人)이 칼룰 앗고 왈

"이 부인은 진짓 졍녈부인(貞烈夫人)이라."

---

38) 군(君) : 남편.

ᄒ며 한시긔 소죄(赦罪)ᄒ고 물너가니라.

한시 졍신을 슈습ᄒ여 헤오ᄃᆡ

'이졔 영과 계향을 일허스니 사라 무엇 ᄒ리오?'

ᄒ더니 문득 뫼 우희 구름이 이는 곳의 두 션녜(仙女) ᄂᆞ려와 뵈거늘 한시 답녜(答禮)ᄒ고 슯퍼보니 한 션녀는 옥호(玉壺)39)를 들고 한 션녀는 뉴리잔의 이슬 것튼 ᄎᆞ(茶)를 들고 한시긔 권(勸)ᄒ거늘 한시 왈

"그ᄃᆡ는 뉘완ᄃᆡ 죽어 가는 사름을 구ᄒᆞᄂᆞ뇨?"

션녜 왈

"우리 쥬공(主公)이 보니시더이다."

한시 왈

"쥬공은 뉘시며 어ᄃᆡ 계시뇨?"

션녜 왈

"졍군산 신녕(神靈)이니이다."

한시 왈

"보니신 ᄯᅳᆺ은 감격ᄒ거니와 가군이 죽고 ᄌᆞ식을 마즈 일허스니 무어슬 위ᄒ여 음식을 먹고 살기를 원ᄒ리오?"

---

39) 옥호(玉壺) : 옥으로 만든 병.

션네 왈

"이 도시 텬졍(天定)훈 쉬(數)라. 십오년(十五年) 후면 모지(母子) 상봉(相逢)ᄒ여 부귀ᄅᆞᆯ 누리리니 망녕도히 텬명(天命)을 역(逆)지 마ᄅᆞ쇼셔."

ᄒ고 한시의 버힌 〈8b〉 손목을 한듸 맛초고 호로(葫蘆)40)의 단약(丹藥)을 ᄂᆡ여 ᄇᆞᄅᆞᆫ 후 ᄎᆞᄅᆞᆯ 권ᄒ거ᄂᆞᆯ 한시 마지못ᄒ여 ᄇᆞ다 마시ᄆᆡ 졍신이 상연(爽然)ᄒ고 버힌 손목이 알프지 아니ᄒᆞᆫ지라. 션네 왈

"동(東)으로 십니(十里)만 가면 ᄌᆞ연 구홀 ᄉᆞᄅᆞᆷ이 이스리라."

ᄒ고 문득 간ᄃᆡ업더라. 한시 그 ᄎᆞᄅᆞᆯ 먹은 후 졍신이 쇄락(灑落)ᄒᄂᆞ 져문 계집이 도로(道路)의 방황ᄒ다가 욕보기 쉬오리니 ᄎᆞ라리 쥭으미 올타 ᄒ고 집슈건으로 목을 ᄆᆡ려 훌 제 문득 훈 ᄉᆞᄅᆞᆷ이 지ᄂᆞ며 왈

"그ᄃᆡ 졀염(節廉)41)을 감동ᄒ여 밤ᄉᆡ도록 인도(引導)ᄒ엿더니 엇지 고집ᄒᄂᆞ뇨?"

---

40) 호로(葫蘆) : 호리병박 모양의 담을 것. 조롱박 혹은 또는 호리병박이라고도 한다.

41) 졀염(節廉) : 절렴. 지조가 있고 청렴함.

ㅎ거늘 한시 놀ᄂ 즈시 보니 이는 시즁이라. 반겨 말ᄅ 뭇고져 홀시 시즁이 다시 닐오듸

"영을 넘녀 말고 동으로 가면 머믈 곳이 이스리라."

ㅎ고 간 곳이 업는지라. 한시 통곡왈

"시즁의 혼빅(魂魄)이 나를 인도ᄒᆞᄂ도다."

ㅎ고 동으로 가더니 문득 ᄇ람 쇼리의 풍경(風磬) 소리 들니거늘 졈졈 나ᄋ가니 길가히 큰 누(樓)42)히 이셔 현판(懸板)의 졔인사라 삭여더라. 한시 누 아릭셔 잠간 쉬더니 여승(女僧)이 나와 합장왈(合掌曰)

"부인은 어이 이곳의 〈9a〉 니르시ᄂ뇨?"

한시 왈

"혈혈단신(孑孑單身)이 무의무탁(無依無托)43)ᄒ여 귀암(貴庵)을 ᄎᄌ왓노라."

졔승(諸僧)이 한시의 싀덕(色德)을 크게 놀ᄂ 인도ᄒ여 드러가 관듸ᄒ며 쇼회(所懷)를 뭇거늘 한시 즁 되기

---

42) 누(樓) : 사방을 바라볼 수 있도록 문과 벽이 없이 다락처럼 높이 지은 집. 누각.

43) 무의무탁(無依無托) : 몸을 의지하고 맡길 곳이 없다는 뜻으로 몹시 외로운 상태를 말함.

룰 원(願)ᄒᆞ듸 졔승이 깃거 후듸(厚待)ᄒᆞ더라.

 션시(先時)44)의 계향이 영을 업고 숨어 부인의 잡혀가믈 보고 통곡ᄒᆞ다가 늘이 밝기를 기다려 졍쳐(定處) 업시 가더니 일위(一位) 노옹(老翁)이 송졍(松亭)의 안져 막듸로 ᄯᅡ흘 두다리며 노릭ᄒᆞ여 왈

 "쳥산(靑山)은 쳡쳡(疊疊)ᄒᆞ고 간슈(澗水)45)는 잔잔ᄒᆞ도다. 근심은 헛튼 실 갓고 시름은 뉴슈(流水) 갓도다."

 ᄒᆞ며 텬이(天涯)를 ᄇᆞ라보거늘 계향이 혜오듸

 '이는 범인(凡人)이 아니로다.'

 ᄒᆞ고 나ᅌᅡ가 졀ᄒᆞ여 왈

 "나는 무의무가(無依無家)46)ᄒᆞ여 졍쳐 업시 다니다가 길를 닐허ᄉᆞ오니 션싱은 길를 가르쳐 쥬시믈 ᄇᆞ라ᄂᆞ이다."

 노옹이 오든 길를 가르쳐 왈,

 "셔(西)흐로 오십니(五十里)만 가면 남양 ᄯᅡ히니 틱

---

44) 션시(先時) : 선시. 일정한 날을 기준으로 한 바로 앞날 혹은 이전의 어느 날이나 얼마 전.

45) 간슈(澗水) : 간수. 골짜기에서 흐르는 물.

46) 무의무가(無依無家) : 몸을 의지할 곳도 없고 집도 없음.

슈 오세신이 현심(賢心)이 이셔 궁박(窮迫)ᄒᆞᆫ ᄉᆞᄅᆞᆷ을 구제(救濟)ᄒᆞᄂᆞ니 그리로 가라."

계향 왈

"이는 허언(虛言)이로쇼이다."

노옹이 도라안즈며 왈

"그ᄃᆡ도 나를 속이거든 낸들 너를 아니 속이랴? 한시 오세신을 죽⟨9b⟩여거든 뉘라서 구ᄒᆞ리오?"

계향이 쳥포(聽罷)의 긔이지 못ᄒᆞᆯ 줄 알고 젼후ᄉᆞ를 고(告)ᄒᆞᆫᄃᆡ 노옹이 비로쇼 금빗 갓튼 약 두 환을 쥬거늘 계향과 영이 ᄒᆞᆫ 환식 먹으니 빅는 아니 부르되 몸이 가장 경첩(輕捷)ᄒᆞᆫ지라. 노옹 왈

"네 능히 나를 조ᄎᆞ올소냐?"

ᄒᆞ고 집헛든 막ᄃᆡ를 쥬어 왈

"이를 집고 나를 ᄯᅡ라오라."

ᄒᆞ거늘 계향이 영을 업고 막ᄃᆡ를 집고 노옹을 ᄯᅡ라가니 몸이 ᄌᆞ연 나는 듯ᄒᆞ더니 ᄒᆞᆫ 곳의 니르러ᄂᆞᆫ 노옹이 ᄒᆞᆫ 뫼흘 가르쳐 왈

"져 뫼 일홈은 금병산이니 너 잇든 곳의셔 일쳔삼ᄇᆡᆨ니(一千三百里)라. 져곳의 구ᄒᆞᆯ ᄉᆞᄅᆞᆷ이 이스리라."

ᄒᆞ고 막ᄃᆡ를 도로 닫ᄂᆞ ᄒᆞ거늘 계향이 문왈

"존호(尊號)를 드러지이다."

노옹 왈

"나는 금병산 노션(老仙)이로라."

ᄒ고 문득 간ᄃᆡ업는지라.

계향이 그 뫼흘 ᄇᆞ라보믜 화금병(花錦屛)⁴⁷⁾을 두른 듯ᄒ고 뫼 ᄋᆞ릐 흔 집이 이스되 가장 졍결(淨潔)흔 곳의 흔 계집ᄋᆞ희 문의 엿보다가 계향을 보고 드러가더니 니윽고 노인이 나와 문왈

"너는 엇던 ᄉᆞ람이며 업은 ᄋᆞ희는 뉘 집 공ᄌᆡ뇨?"

계향 왈

"나는 남양〈10a〉인이오 이 ᄋᆞ희는 ᄌᆞ식이로쇼이다."

노옹이 졍식왈

"너는 속이지 말ᄂᆞ. 이 ᄋᆞ희 상(相)을 보믜 반다시 쳔싱(賤生)이 아니로다."

계향이 긔이지 못홀 쥴 알고 졀ᄒ여 왈

"쇼비는 과연 명환(名宦)의 시비러니 쥬인 ᄂᆡ외 구몰(俱沒)ᄒᆞ믜 의탁홀 곳이 업셔 쇼쥬인(小主人)을 업고 ᄉᆞ쳐(四處)로 다니ᄂᆞ이다."

노인이 졈두(點頭)ᄒ며 다리고 드러갈ᄉᆡ ᄂᆡ당의 밋

---

47) 화금병(花錦屛) : 꽃과 비단으로 만든 것 같은 아름다운 병풍.

쳐는 일위 부인이 영을 어로만져 왈

"이 ᄋᆞ히 비범ᄒᆞᄂᆞ 부뫼 업다 ᄒᆞ니 가련ᄒᆞ도다. 나는 조년(早年) 과거(寡居)ᄒᆞ여 무ᄌᆞ(無子)ᄒᆞ미 이 ᄋᆞ희로 ᄌᆞ식을 삼고져 ᄒᆞᄂᆞ니 네 ᄯᅳᆺ의 엇더ᄒᆞ뇨?"

계향 왈

"고쇼원(固所願)48)이니이다."

노인 왈

"져졔(姐姐)49) 잘 싱각ᄒᆞ시도다. 이 ᄋᆞ히 타일의 영귀(榮貴)ᄒᆞ리니 잘 기르소셔."

ᄒᆞ니 원닉 이 노인은 송됴(宋朝) 어ᄉᆞ(御使) 원귀오 그 ᄆᆡ시(妹氏)는 송됴 틴부(太傅) 왕침의 안희라. 조과(早寡)ᄒᆞ여 의지ᄒᆞᆯ 곳이 업는 고로 어ᄉᆞ와 동거(同居)ᄒᆞ던 빅라. 이늘 계향더러 왈

"이 ᄋᆞ히 근본(根本)을 긔이지 말ᄂᆞ."

계향이 젼후슈말(前後首末)를 낫낫치 고ᄒᆞ니 어시 탄왈(歎曰)

"장 시즁은 나의 지긔지위(知己之友)50)라. 년젼(年

---

48) 고쇼원(固所願): 고소원. 본디 원하는 바.

49) 져졔(姐姐): 저저. 누님을 이르는 말.

前)의 이 고을 원(員)51)으로 왓실 씨 조석(朝夕) 상종(相從)ᄒ더니 그 ᄌ식〈10b〉이 오늘놀 이리 올 쥴 ᄯᆞᄒᆞ여스리오?"

ᄒ더라.

ᄎ시 진시 한 부인 거쳐(去處)를 아지 못ᄒᆞ미 싱각ᄒᆞ되

'나와 한녜(韓女) 일반(一般) 계집으로셔 한녀는 지 아비 원슈를 갑하거니와 낸들 엇지 틱슈의 원슈를 갑지 못ᄒ리오?'

ᄒ고 한시 ᄉ던 촌명(村名)을 곳쳐 시부촌(弑夫村)이라 ᄒ고 한시 허물를 지어 격문(檄文)의 올녀 ᄉ쳐(四處)의 반포(頒布)ᄒ여시되

'쳡(妾)은 드ᄅ니 오륜(五倫)의 부뷔(夫婦) 즁(重)ᄐᆞᄒ엿거늘 져즈옵긔 한녜 오 틱슈를 유인(誘引)ᄒ여 늇녜(六禮)로 맛고 틱쉬 년노ᄒᄆᆞᆯ 혐의ᄒ여 치독(置毒)ᄒ여 쥭이고 도쥬ᄒ니 인뉸(人倫)의 디변(大變)이라. 한녀를 잡는 지 이스면 쳔금상을 쥬리라.'

---

50) 지긔지위(知己之友) : 지기지우. 나를 가장 잘 알아주는 친한 벗.
51) 원(員) : 각 고을을 다스리는 지방관을 통틀어 이르는 말.

ᄒᆞ엿더라. 진시 경문52)을 노흔 후 여간 보물(寶物)를 슈습ᄒᆞ여 노복(奴僕)을 다리고 졍쳐 업시 다니다가 즁노(中路)의셔 명화적(明火賊)53)을 맛ᄂᆞ 노복과 ᄌᆡ물를 다 일코 홀노 다니다가 ᄒᆞᆫ 곳의 다다르니 큰 물이 이스되 션쳑(船隻)이 업는지라. 물가의 안져 울며 왈

"내 쇼텬(所天)54)의 원슈를 갑고져 ᄒᆞ여 쥬류텬하(周遊天下)55)ᄒᆞ다가 ᄌᆡ물과 노복을 다 일코 혈혈단신이 장찻 어듸로 가리오? 속졀업시 〈11a〉 이곳의셔 물를 맛ᄂᆞ스니 명텬(明天)56)은 숣피쇼셔."

ᄒᆞ며 물의 ᄲᅱ여들녀 ᄒᆞ더니 문득 목동(牧童)이 오며 니로되

"져젹 엇던 부인이 이곳의셔 우더니 무ᄉᆞᆷ 일노 쏘 엇던 부인이 우는고?"

---

52) 경문 : '격문'의 오기.

53) 명화적(明火賊) : 횃불을 들고 떼를 지어 부잣집 등을 습격하던 도적의 무리로 '명화강도(明火强盜)'나 '화적(火賊)'이라고도 함.

54) 쇼텬(所天) : 소천. 아내가 남편을 이르는 말.

55) 쥬류텬하(周遊天下) : 주유천하. 천하 각지를 두루 돌아다니며 구경함.

56) 명텬(明天) : 명천. 모든 것을 밝게 살피는 하느님.

ᄒᆞ며 진시 압히 나ᄋᆞ와 우는 곡졀(曲折)를 뭇거늘 진시 목동(牧童)의 문답을 듯고 왈

"쏘 엇던 부인이 예 와 울며 어듸로 가더뇨?"

목동 왈

"져 건넌편 뫼골노 드러가더이다."

진시 혜오듸

'이 아니 한신가?'

ᄒᆞ여 우름을 그치고 그곳을 ᄎᆞᄌᆞ가니 큰 졀이 잇거늘 그곳 ᄉᆞ름더러 무르니 듸답ᄒᆞ되 산 일홈은 졍군산이오 졀 일홈은 졔인ᄉᆞ라 ᄒᆞ거늘 진시 그 졀노 드러가니 이젹한시 승(僧)이 되여 법명(法名)은 셜원이라 ᄒᆞ더니 이늘 맛ᄎᆞᆷ 나오다가 본즉 누하(樓下)의 ᄒᆞᆫ 녀지 안져스니 의상(衣裳)이 남누(襤褸)ᄒᆞᄂᆞ 긔상(氣像)이 다르거늘 한시 나ᄋᆞ가 문왈

"그듸는 엇던 ᄉᆞ름이완듸 이 심산(深山)의 드러왓ᄂᆞ뇨?"

진시 왈

"쳡이 명되 긔박(奇薄)57)ᄒᆞ여 가뷔 쥭고 ᄌᆞ식 업셔 ᄉᆞ

---

57) 긔박(奇薄) : 기박. 팔자와 운수 따위가 사납고 복이 없음.

고무친(四顧無親)58)ᄒᆞ기로 익쥬로 가더니 이곳이 승당(僧堂)이라 ᄒᆞᄆᆡ 구경코져 왓ᄂᆞ이다."

한시 잔잉히 녀겨 쳥ᄒᆞ여 드러가 관ᄃᆡᄒᆞ고 〈11b〉 머르러 가믈 권ᄒᆞ니 진시 허락ᄒᆞ고 냥인(兩人)이 담화(談話)ᄒᆞᆯ시 녀승(女僧)이 글 쓴 조희를 가지고 드러와 뵈거늘 한시 ᄇᆞ다본즉 진시의 격문이라. 한시 글를 ᄯᅩ히 더져 왈

"진시 가부의 그른 쥴 모로고 어진 ᄉᆞ름을 모함ᄒᆞ엿도다."

진시 왈

"계집이 지ᄋᆞ비를 쥭인 죄 강샹ᄃᆡ변(綱常大變)59)이여늘 엇진 연고(緣故)로 모함ᄒᆞ다 ᄒᆞᄂᆞ뇨?"

한시 왈

"내 그 녀ᄌᆞ의 일를 약간 아ᄂᆞ니 오셰신이 쟝 시즁을 죄 업시 쥭이고 그 쳐 한시를 앗고져 ᄒᆞ니 엇지 하늘과

---

58) ᄉᆞ고무친(四顧無親) : 사고무친. 의지할 만한 사람이 전혀 없음.

59) 강샹ᄃᆡ변(綱常大變) : 강상대변. 강상(綱常)이란 삼강(三綱)과 오상(五常)을 아우르는 말로 사람이 지켜야 할 도리를 이름. 따라서 강상대변이란 도리에 크게 어긋나는 일을 말함.

귀신이 용납(容納)ᄒ리오? 한시 쳘텬지슈(徹天之讐)60)
를 갑하스니 진짓 녈부(烈婦)의 일이라. 엇지 시부지죄
(弑夫之罪)로 몽죄(蒙罪)61)ᄒ리오?"

진시 왈

"불연(不然)ᄒ다. 뉴녜를 갓촌 후면 부부지의(夫婦之
義)를 미즈미여늘 부부 된 후 약(藥)을 먹이고 그 스지를
분희(分解)ᄒ니 엇지 시부지죄를 면ᄒ리오?"

한시 왈

"말은 뉴녜를 갓초다 ᄒᄂ 본심은 금셕(金石) 갓고 독
좌(獨坐)62) 힝녜(行禮)ᄒ미 업ᄂ니 무슴 혐의 이스리오?
그러ᄒᄂ 남의 말 부졀업거니와 그 부인의 가부 위ᄒᄂ
졍셩이 가련코 아롬답도다."

진시 함누왈(含淚曰)

---

60) 쳘텬지슈(徹天之讐) : 철천지수. 하늘에 사무치도록 한이 맺
히게 한 원수.

61) 몽죄(蒙罪) : 죄를 입음.

62) 독좌(獨坐) : 혼인한 후 신랑 신부가 마주 보고 함께 음식을 먹는 일
종의 상견례(相見禮)를 말하는 것. 동뢰연(同牢宴)이라고도 한다. 여기
서 독좌를 행치 않았다는 것은 한씨가 오세신과 육례를 치를 때 주렴을
드리워 내외하고 주객의 예를 행한 것을 말한다.

"나는 과연 오 틱슈의 쳐 ⟨12a⟩ 진시라. 여츠여츠하다가 홀일업스미 이졔는 존스(尊師)의게 의지하여 뎨지(弟子) 되믈 원하노라."

한시 듯고 놀라 왈

"원너 부인 졍시(情事) 이럿틋 하시도다. 아모커나 이졔 한시를 맛나면 능히 쥭일소냐?"

진시 왈

"만일 한녀를 맛나면 엇지 스(赦)하리오?"

한시 모골(毛骨)이 송연(悚然)하여 왈

"부인이 이곳의 머므러 쓸디업스미 남양의 가 원슈를 갑흐쇼셔."

진시 왈

"한네 남양의 이슬 니 만무(萬無)하고 녀지 힝노(行路)의 쳑동(尺童) 쇼비(小婢) 업시 어듸로 가리오? 존스긔 의탁고져 하나니 물니치지 마르쇼셔."

하고 간쳥(懇請)하거늘 한시 혜오듸

'가부 위하는 마음이야 뉘 다르리오? 비록 이의 머므나 나를 모로리라.'

하고 진시 삭발(削髮)하니라.

일일은 어시 영을 겻히 안치고 계향더러 영의 싱일(生日)를 무르니 계향 왈

"오월(五月) 초칠일(初七日) 히시(亥時)니이다."

어시 왈

"녀ᄋ의 싱일과 갓도다."

ᄒ고 쇼져를 다려오라 ᄒ니 계향이 본즉 문밧긔셔 엿보던 ᄋ희라. 어ᄉ 부인 박시 늣기야 긔몽(奇夢)을 엇고 일녀(一女)를 싱(生)ᄒ니 일홈을 셜미라 ᄒ고 ᄌ를 강션이라 ᄒ여 ᄉ랑이 비(比)홀 듸 업는지라. 이늘 쇼져와 영을 〈12b〉 쌍(雙)으로 앗치고63) 냥ᄋ(兩兒)의 긔이ᄒᆞᆷ을 ᄉ랑ᄒ더니 원 부인이 어ᄉ더러 왈

"영ᄋ를 글를 가르치라."

ᄒ니 어시 응낙ᄒ고 쇼학(小學)을 가로치미 총명(聰明)이 과인(過人)ᄒᆞᆫ지라. 어시 긔특(奇特)히 녀겨 녀ᄋ와 ᄒᆞᆫ가지로 가르칠시 냥이 닷토와 빈호니 일일은 홀연 공ᄌ 칙을 가지고 올마 안ᄌ 글 닑거늘 어시 연고를 무르니 공ᄌ 왈

"쇼학의 닐너시되 남녜칠셰(男女七歲)의 부동석(不同席)이라 ᄒ여ᄉ오니 쇼져로 더브러 ᄒᆞᆫᄌ리의 안기 미안ᄒ기로 피ᄒᆞ니이다."

---

63) 앗치고 : '안치고(앉히고)'의 오기.

어시 긔특히 녀겨 왈

"셜미는 너와 형미지의(兄妹之義) 이스니 무슴 혐의 이스리오?"

ᄒ더라. 일일은 공지 쇼져로 더브러 후원(後園)의셔 화초(花草) 구경ᄒ다가 쇼제 몬져 글를 지어 읇프니 기시(其詩)의 왈

'꼿치 원즁(園中)의셔 우으며 황잉(黃鶯)이 노릭ᄒ니 동풍(東風) 봉졉(蜂蝶)이 그 ᄉ이의셔 춤추는도다.'

ᄒ니 공지 ᄎ운(次韻)ᄒ여 왈

'빅홰(百花) 조흔 빗츨 닷토나 일야(一夜) 광풍(狂風)의 훗늘니도다. 이 몸이 화(化)ᄒ여 나븨 되여 납월(臘月) 셜미(雪梅)를 ᄎᄌ리라.'

ᄒ엿거늘 쇼제 보고 홍광(弘光)이 취지ᄒ여 안흐로 드러가니라. 이젹의 원 부인이 홀〈13a〉연 득병(得病)ᄒ여 늘노 위즁(危重)ᄒᄆᆡ 공지 불탈의ᄃᆡ(不脫衣帶)64)ᄒ고 동동촉촉(洞洞燭燭)65)ᄒ는지라. 일일은 공지 여측(如廁)66)ᄒᆞᆫ ᄉᆞ이의 부인이 어ᄉᆞ를 쳥ᄒ여 왈

---

64) 불탈의ᄃᆡ(不脫衣帶) : 불탈의대. 의대 즉 옷을 벗지 않음.
65) 동동촉촉(洞洞燭燭) : 공경하고 삼가며 매우 조심하는 모양새.

"내 병세(病勢) 여측ᄒᆞ미 심즁쇼회(心中所懷)를 니르 너니 우형(愚兄)67)이 영을 ᄉᆞ랑ᄒᆞ여 져와 갓튼 비우(配偶)를 어더 주미를 보고져 ᄒᆞ던 비라. 나의 골육은 아니ᄂᆞ 효셩(孝誠)이 지극ᄒᆞ니 나의 후ᄉᆞ는 념네 업슬지라. 현뎨(賢弟) 질녀(姪女)를 위ᄒᆞ여 ᄉᆞ회를 구홀진듸 영의셔 지날 지 업슬 거시미 결친(結親)ᄒᆞ면 쥭은 혼빅이라도 의탁ᄒᆞᆯ 곳이 분명ᄒᆞᆯ가 ᄒᆞ노라."

어ᄉᆡ 왈

"져져의 병셰는 일시(一時) 감긔(感氣) 미류(彌留)ᄒᆞ미니 ᄉᆞ싱(死生)을 예탁(豫度)ᄒᆞᆯ 비 아니오 영ᄋᆞ는 진짓 녀ᄋᆞ의 ᄶᅡᆼ이ᄂᆞ 다만 주져(趑趄)ᄒᆞ는 바는 져의 부친은 오셰신의게 쥭고 그 모친은 오셰신 쳐 진시의게 쥭어스ᄂᆞ 그 불측(不測)ᄒᆞᆫ 심ᄉᆞ(心思) 그 ᄲᅮ리를 업시려 ᄒᆞ리니 후환을 두려ᄒᆞᄂᆞ이다."

부인 왈

"우리 입으로 아니 니른 젼(前)은 알 니 업슬 거시니

---

66) 여측(如廁) : 뒷간에 감.

67) 우형(愚兄) : 말하는 이가 동생뻘 되는 사람에게 자기를 겸손하게 일컫는 말.

현데는 호의치 말고 나의 원을 조츠라."

ᄒᆞ니 어시 허락ᄒᆞ니라. 이ᄯᅥ 영이 드로오다가 부인 남미의 문답(問答)을 듯〈13b〉고 의으ᄒᆞ여 죵용(從容)ᄒᆞᆫ 쩍를 ᄐᆞ 계향더러 문왈

"어미는 긔이지 말ᄂᆞ. 원 부인은 친뫼(親母) 아니오 나의 부모는 남의 손의 죽엇다 ᄒᆞ니 그 말이 올흐냐?"

계향이 울며 왈

"공ᄌᆡ 이믜 아라스니 엇지 긔이리오?"

ᄒᆞ고 ᄌᆞ초지죵(自初至終)을 셜파ᄒᆞ니 영이 쳥파(聽罷)의 쳬읍(涕泣)ᄒᆞ여 왈

"어미 아니면 엇지 이런 쥴 알니오? 나는 이졔 남양으로 가 부친 산쇼를 찻고 모친 싱스를 탐지ᄒᆞ며 진한과 진녀를 죽여 원슈를 갑고 몸이 남으면 도라와 양모(養母)를 셤기리니 이 ᄉᆞ연을 부인긔 알외라."

ᄒᆞ고 ᄇᆞ로 남양으로 가려 ᄒᆞ거ᄂᆞᆯ 계향이 말뉴왈(挽留曰)

"공ᄌᆡ 나히 어리니 엇지 홀노 가며 원 부인의 양휵지은(養慉之恩)[68]이 호딕(浩大)ᄒᆞ거늘 하직(下直)도 아니

---

68) 양휵지은(養慉之恩) : 돌보아 길러 자라게 한 은혜.

코 가려 ᄒ시ᄂ뇨?"

영이 씨다르나 부인긔 참ᄋ 발셜치 못ᄒ고 쥬져ᄒ더니 맛춤 쓸 압히 오동남긔 오작(烏鵲)이 버러지를 무러다가 그 어이[69]를 먹이거늘 영이 보고 탄왈

"나는 사름이로되 져 즘싱만 못ᄒ다."

ᄒ고 눈물를 흘니더니 원 부인이 공ᄌ 오리 아니 드러오믈 의괴(疑怪)ᄒ여 츠ᄌ〈14a〉 나오다가 이 말를 듯고 놀ᄂ 문왈

"영아, 네 무슴 일노 져리 슬허ᄒ는다?"

영이 업듸여 읍고왈(泣告曰)

"쇼ᄌ 유모(乳母)의 말 듯ᄉ오니 부뫼 남의 손의 죽다 ᄒ미 여ᄎ여ᄎᄒ고 도라와 틔틔를 봉양ᄒ리이다."

부인이 츄연하루왈(愀然下淚曰)

"네 이제 원슈를 갑고져 ᄒ미 인ᄌ(人子)의 도리(道理)여니와 십세(十歲) 쇼ᄋ(小兒) 엇지 능히 거사(擧事)ᄒ리오?"

공ᄌ 왈

"모를 제는 홀일업거니와 알고야 일신(一時)들 참으

---

69) 어이: '어미'의 오기.

리잇고?"

 부인이 만단기유(萬端改諭)70)ᄒᆞ니 이후로 공지 식음(食飮)을 젼폐(全廢)ᄒᆞ고 탄식(歎息) 쳬읍(涕泣)ᄒᆞ더니 일일은 계향더러 왈

 "부인이 허치 아니ᄒᆞ시미 부득이 하직을 고치 못ᄒᆞᆯ지니 내 나간 후 부인긔 잘 고ᄒᆞ라. 내 홀노 나가 힘이 밋지 못ᄒᆞ거든 즉시 도라와 다시 도모ᄒᆞ리라."

 계향이 ᄒᆞᆯ일업셔 부인게 고ᄒᆞ니 부인이 영을 불너 왈

 "네 부듸 가려 ᄒᆞ면 말니지 아니커니와 만일 여의(如意)치 못ᄒᆞ고 지완(遲緩)ᄒᆞ면 늙고 병든 몸이 보지 못ᄒᆞᆯ가 ᄒᆞ노라."

 영이 위로왈

 "삼년(三年)을 한(限)ᄒᆞ여 도라오리니 틱틱는 과렴(過念)치 마르소셔."

 부인이 지삼(再三) 당부ᄒᆞ고 이의 〈14b〉 경보를 만히 싯고 건장(健壯)ᄒᆞᆫ 노ᄌᆞ(奴子) 십여명(十餘名)을 쥬거늘 영이 하직(下直)ᄒᆞ고 힝니(行李)를 슈습ᄒᆞᆯ식 어ᄉᆞ 쥬비(酒杯)를 비셜(排設)ᄒᆞ여 젼송(餞送)ᄒᆞ며 은ᄌᆞ(銀子)

---

70) 만단기유(萬端改諭) : 만단개유. 여러 가지 말로 타이름.

빅냥(百兩)을 쥬어 왈

"당초(當初)의 너를 어드미 고인(故人)71)의 주식이라 년측(憐惻)ᄒᆞ미 지극ᄒᆞ더니 슉질지졍(叔姪之情)72)을 미즌 후의 인즁ᄒᆞ미 긔츌(己出)의 감(減)치 아니터니 이제 어린으히 지통(至痛)을 품어 위튁ᄒᆞᆫ 일를 힝ᄒᆞ니 엇지 잔잉코 결연(缺然)치 아니리오?"

ᄒᆞ고 도라 쇼져를 불너 왈

"영이 이제 원노(遠路) 힝역(行役)을 당ᄒᆞ여스니 엇지 젼별(餞別)73)치 아니ᄒᆞᄂᆞᆫ다?"

쇼제 슈괴(羞愧)74)ᄒᆞ믈 씌여 슐를 부어 공ᄌᆞ긔 권ᄒᆞ여 왈

"원노의 쳔금지구(千金之軀)75)를 쳔만(千萬) 보즁(保重)ᄒᆞ소셔."

공지 잔을 밧고 칭ᄉᆞ왈(稱謝曰)

---

71) 고인(故人) : 죽은 사람 혹은 오래된 벗.

72) 슉질지졍(叔姪之情) : 숙질지정. 숙부와 조카 사이의 정.

73) 젼별(餞別) : 전별. 잔치를 베풀어 작별함.

74) 슈괴(羞愧) : 수괴. 부끄럽고 창피함.

75) 쳔금지구(千金之軀) : 천금지구. 천금같이 귀중한 몸을 말함.

"이제 원별(遠別)를 당ᄒᆞ니 심ᄉᆡ 창연(愴然)ᄒᆞ도다. ᄇᆞ라건듸 냥친(兩親)을 효봉(孝奉)ᄒᆞ며 슉당(堂叔)을 위로ᄒᆞ여 쳔만 보즁ᄒᆞ라."

ᄒᆞ고 부인 슬하(膝下)의 하직혼 후 말게 올나 힝홀ᄉᆡ 계향이 십니졍(十里亭)76)의 나가 ᄇᆡ별(拜別)ᄒᆞ며 왈

"남양셔 셔다히77)로 빅니(百里)만 가면 놉흔 고개 이시니 그곳이 부인 잡혀가던 〈15a〉 곳이라."

ᄒᆞᆫ듸 공ᄌᆡ 왈

"그곳 디명(地名)이 무어시라 ᄒᆞ더뇨?"

계향 왈

"그ᄶᅥ 혼 노옹을 맛ᄂᆞ미 뫼 일홈을 졍군산이라 ᄒᆞ더이다."

영이 유모를 니별ᄒᆞ고 힝ᄒᆞ여 십여일(十餘日)만의 혼 곳의 다다르미 압히 큰 뫼히 닛거늘 영이 노복더러 문왈

"이곳 디명이 무어시뇨?"

듸왈

"졍군산이로소이다."

---

76) 십니졍(十里亭) : 십리정. 10리 떨어진 곳.
77) 셔다히 : '서쪽'을 말함.

영이 계향의 말룰 싱각고 그 뫼흐로 올ᄂ가니 ᄒ 노인이 갈건포의(葛巾布衣)로 죽장(竹杖)을 집고 암상(巖上)의 안졋는지라. 영이 말게 ᄂ려 노인 압히 나아가 졀ᄒᄃᆡ 노인이 눈을 드러 보고 왈

"너는 엇던 ᄋ희완ᄃᆡ 길이ᄂ 갈 거시여늘 늙은니더러 무ᄉᆷ 말룰 보치고져 ᄒᄂ뇨?"

영이 노인의 상뫼(相貌) 비범ᄒᆯ 보고 더욱 공경ᄃᆡ왈(恭敬對曰)

"쇼지 부뫼 쌍망(雙亡)ᄒ고 무의무탁ᄒ 인싱으로 ᄉ처의 운유ᄒ더니 이제 고향의 도라가 부모의 분묘(墳墓)를 찻고져 ᄒᄆᆡ 길룰 가르쳐 쥬시믈 ᄇ라ᄂ이다."

노인 왈

"부모 원슈는 아니 갑고 분묘만 ᄎᄌ라 다니는다?"

영이 놀ᄂ 왈

"션싱이 어이 쇼ᄌ의 일룰 아르니ᄂ잇가?"

노옹 왈

"내 엇지 네 일룰 〈15b〉 알니오. 칠팔년젼(七八年前)의 아비 죽고 어미 일흔 삼셰 ᄋ(兒)를 보니 유뫼 업고 갈 ᄇ를 모로기로 금병산 원 부인 집으로 지시ᄒ엿더니 그 ᄋ희 어미 도젹의게 잡히여 가다가 도로 놋코 가ᄆᆡ 지금 ᄉ라 잇단 말은 드럿더니 너 갈 길룰 내 어이 알니오?"

ㅎ고 간딕업거늘 영이 졍히 쥬져ㅎ더니 홀연 풍경 쇼
릭 들니는지라. 영이 졀이 잇는가 ㅎ여 ᄎᄌ가니라.

이ᄯᅥ 진시 한시와 갓치 이셔 한시ᄅᆞᆯ 의심ㅎ여 여러
가지로 ᄎᆔᄆᆡᆨ(取脈)78)ㅎ되 죵시(終是) 근ᄆᆡᆨ(根脈)을 아
지 못ㅎ여 의혹ㅎ더니 일일은 진시 광쥬리ᄅᆞᆯ 들고 뫼 ᄋᆞ
이셔79) 쥭슌(竹筍)을 키더니 영이 길가의 안져다가 진
시ᄅᆞᆯ 보고 문왈

"법ᄉᆞ(法師)는 어늬 졀의 잇느뇨?"

진시 왈

"져 샹봉 졔인ᄉᆞ의 잇나이다."

영이 듯고 반겨ㅎ거늘 진시 문왈

"공진 무슴 연고로 승당을 ᄎᆞᄌᆞ시ᄂᆞ뇨?"

영 왈

"다롬 아니라 부모 일흔 소름이러니 드른즉 나의 모친
이 졔인ᄉᆞ 승방(僧房)80)의 계시다 ㅎ기로 ᄎᄌᆞ왓노라."

---

78) ᄎᆔᄆᆡᆨ(取脈) : 취맥. 남의 동정을 더듬어 살핌.

79) ᄋᆞ이셔 : 'ᄋᆞ릭셔(아래서)'의 오기.

80) 승방(僧坊) : 승려가 불상을 모시고 불도(佛道)를 닦으며 교
법을 펴는 집.

진시 왈

"이 졀의는 ᄌ식 일흔 사름이 업ᄂ이다."

영 왈

"나는 〈16a〉 남방(南方) 사름이라. 남양틱슈 오치신81)이 우리 부친을 죽엿는 고로 모친 한시 여츠여츠ᄒ고 도망ᄒ다가 셰신의 쳐 진시의게 잡히여갓다 ᄒ기로 진한과 진녀의 고기를 씹어 원슈를 갑고져 ᄒ더니 이제 드른즉 나의 모친이 이 졀의 계시다 ᄒ기로 찻노라."

진시 듯고 딕경ᄒ여 속여 닐오디

"과연 년젼의 엇던 부인이 ᄋᄌ를 일코 길희셔 우다가 굴머 죽으미 힝인(行人)이 그 경상을 불상히 녀겨 고기 너머 뵈회 밋히 무덧다 ᄒ더니 그 후 드ᄅ미 장 시즁의 쳐 한시라 ᄒ더이다."

영이 쳥파의 뫼흘 너머가 모친 분묘를 ᄎᆺᄃ 종젹(蹤迹)이 업는지라. 종일 통곡ᄒ다가 그곳셔 경야(經夜)82)ᄒ고 익일의 남양의 이르러 촌명을 무르니 촌인(村人)이 답ᄒ되 시부촌이라 ᄒ거늘 영이 그 연고를 무른딕 촌인

---

81) 오치신 : '오셰신(오세신)'의 오기.

82) 경야(經夜) : 밤을 지새움.

이 시즁의 설화와 한시의 ᄉ연과 오셰신의 흉계와 진시의 곡졀를 낫낫치 젼ᄒ니 영이 함누탄식왈(含淚歎息曰)

"나는 과연 쟝 시즁 ᄋ들이러니 부친 분묘를 츠즈려 왓노니 가르쳐 쥬면 타일 〈16b〉 은혜를 갑흐리라."

ᄒ니 졔인이 듯고 칭찬ᄒ며 가르쳐 쥬거늘 영이 분묘의 나ᄋ가 직빅(再拜)ᄒ여 왈

"불초즈(不肖子) 영이 왓ᄂ이다."

ᄒ며 방셩딕곡(放聲大哭)83)ᄒ고 다시 갈오딕

"쇼직 모친 히골를 찻고 진녀와 진한의 원슈를 갑고져 ᄒ옵ᄂ니 야야의 영빅(靈魄)은 숢피쇼셔."

ᄒ고 통곡 하직흔 후 영능으로 향ᄒ니라.

이적 진시 쟝영을 속여 보닉고 졀의 도라와 졔승을 속여 왈

"내 앗가 동구(洞口)84)의 나가니 쟝긱(莊客) 슈십(數十)이 슈풀 속의셔 상의ᄒ는 말이 오늘 밤의 졔인ᄉ의 드러가 직물를 닙냑(入掠)ᄒ고 쇼년승(少年僧)으로 각각 계집을 삼즈 ᄒ니 가장 두려오미 어딕로 피ᄒ즈."

---

83) 방셩딕곡(放聲大哭) : 방성대곡. 큰 소리로 몹시 슬프게 곡을 함.
84) 동구(洞口) : 절로 들어가는 산문의 어귀.

ᄒᆞ거늘 제승이 고지듯고 각각 경보를 거두어 가지고 녀염(閭閻)[85]의 ᄂᆞ려와 ᄉᆞ오일(四五日) 피ᄒᆞ엿다가 ᄉᆞ즁(寺中)으로 도라오더니 창황분쥬(蒼黃奔走)ᄒᆞᆯ 적의 한시의 품속으로셔 한 봉 글이 ᄂᆞ려지거늘 진시 거두어 죵용ᄒᆞᆫ 곳의셔 본즉 한시 셰신을 죽이고 도망ᄒᆞᆯ 적 시즁의게 제(祭)ᄒᆞᆫ 글이라. 진시 간파(看破)의 놀납고 분긔(憤氣) 가슴의 가득ᄒᆞ여 혼ᄌᆞ말노 닐오듸 〈17a〉

"내 일즉 한시 ᄒᆡᆼᄉᆞ를 의심ᄒᆞ더니 과연 원슈로 동거취(同去就)ᄒᆞ엿도다. 젹년(積年) 미친 원슈를 오늘 아라스니 여ᄎᆞ여ᄎᆞᄒᆞ여 죽이리라."

ᄒᆞ고 익일의 한시더러 왈

"츈일(春日)이 닷ᄒᆞ니 옥파졍의 목욕ᄒᆞ고 옥슈봉의 완경(玩景)ᄒᆞᄌᆞ."

ᄒᆞ거늘 한시ᄂᆞᆫ 진시의 근본을 아ᄂᆞᆫ 고로 미양 근심ᄒᆞ더니 진시의 말를 듯고 의심ᄒᆞ여 답왈

"내 본듸 디병(持病)ᄒᆞ여 목욕은 못ᄒᆞ거니와 완경이ᄂᆞ ᄒᆞ리라."

진시 암희(暗喜)ᄒᆞ여 한시를 다리고 못가의 니ᄅᆞ러

---

85) 녀염(閭閻) : 여염. 백성의 살림집이 많이 모여 있는 곳.

몬져 물의 들ᄂ ᄒ되 종시 드지 아니ᄒ니 진시 홀일업셔 옥슈봉의 오ᄅ믈 쳥ᄒ니 한시 그 뫼흘 ᄇ라보ᄆᆡ 놉기 쳔여장(千餘丈)이라. 냥인이 몬져 올으기를 닷토다가 진시 몬져 오르거늘 한시 ᄯᅩ라 올ᄂ 보니 졍신이 으득ᄒ지라. 문득 ᄆᆞ음이 동(動)ᄒ여 뒷거름쳐 ᄂ려오더니 진시 급히 ᄂ려오며 붓들녀 ᄒ니 한시 의심ᄒ여 급히 평디(平地)의 ᄂ려셔ᄆᆡ 진시 웃고 왈

"그ᄃᆡ 지겁ᄒᄂ뇨?"

ᄒ고 놉흔 ᄇ회의 오ᄅ기를 쳥ᄒ되 한시 불응(不應)ᄒ고 졀노 왓어니86) 그 후 진시 슐를 부어 들〈17b〉고 한시긔 권ᄒ여 왈

"이 슐마시 긔이ᄒᄆᆡ 졍을 물니치지 말ᄂ."

한시 왈

"내 본ᄃᆡ 슐를 먹지 못ᄒ노라."

ᄒ고 종시 듯지 아니ᄒ니 진시 홀일업셔 ᄉᆡᆼ각ᄒ되

'졔 이믜 나의 ᄭᅬ를 아라스니 계교로 죽이지 못ᄒ리니 영능틱슈와 의논ᄒ리라.'

ᄒ고 익일의 한시와 졔승어러87) 왈

---

86) 왓어니 : '왓더니(왔더니)'의 오기.

"나는 본디 산동 사름이라. 우리 티슈를 따라왓더니 그사이 부모 존망(存亡)을 몰나 사모ᄒᆞ는 졍이 간졀(懇切)ᄒᆞ기로 이졔 도라가 부모를 보고 다시 오리라."

ᄒᆞ고 하직고 가거늘 한시 싱각ᄒᆞ되

'진시 계교로 나를 죽이지 못ᄒᆞ매 그 동뉴(同類)를 쳥ᄒᆞ라 가미라. 내 이졔 금병산을 ᄎᆞ자가 피화(避禍)ᄒᆞ리라.'

ᄒᆞ더니 마츰 셔쵹(西蜀) 잇는 즁이 왓다가 닐오되

"익쥬 금병산 계룡사의 부쳬 돌 틈으로 쇼사낫시되 일홈은 문슈보살(文殊菩薩)이라. 영험(靈驗)ᄒᆞ미 거룩ᄒᆞ다."

ᄒᆞ거늘 졔승이 듯고 구경도 ᄒᆞ고 발원(發願)도 ᄒᆞ려 ᄒᆞ여 가려 ᄒᆞ는 지 만커늘 한시 모든 즁을 다리고 가니라.

이ᄯᅥ 진시 영능틱슈를 보고 한시 ᄉᆞ연과 장영의 곡졀를 닐어 왈

⟨18a⟩ "지금 사셰를 보건디 나와 틱슈 도싱(圖生)ᄒᆞ기 어려온지라. 션발(先發)ᄒᆞ면 졔인(制人)ᄒᆞ고 후발(後發)ᄒᆞ면 졔어인(制於人)이니,[88] 밧비 한시와 장영을

---

87) 계승어러 : '졔승더러(제승더러)'의 오기.

발착(拔捉)89)ᄒᆞ여 죽여 후환(後患)을 일게 ᄒᆞ라."

ᄒᆞ니 진한이 올히 녀겨 관군(官軍) 빅여명(百餘名)은 졔인스로 보니고 빅여명(百餘名)은 남양으로 보니니라.

ᄎᆞ시 쟝영이 영능의 니르러 진한의 동졍(動靜)을 듯 보더니 진한이 계양90)으로 간단 말를 듯고 종ᄌᆞ(從者)와 약속ᄒᆞ고 길가의셔 기다리더니 진한이 갑ᄉᆞ 삼쳔(三千)을 거ᄂᆞ려 오니 그 위의 가장 엄숙(嚴肅)ᄒᆞᄆᆡ 감히 하슈(下手)91)치 못ᄒᆞ고 몸을 슈풀의 슘어 엿볼ᄉᆡ 진한이 힝ᄒᆞ다가 보니 ᄒᆞᆫ 스름이 셧다가 슈풀노 피ᄒᆞ여 드러가거늘 슈상히 녀겨 군ᄉᆞ로 ᄒᆞ여곰 그 스름을 잡으오라 ᄒᆞ여 문왈

"네 엇던 스름이완ᄃᆡ 슈상히 슘는다?"

영 왈

---

88) 션발(先發)ᄒᆞ면… 졔어인(制於人)이니 : 션발졔인(先發制人) 후발졔어인(後發制於人). 반고(班固)가 쓴 《한서(漢書)》에 나오는 말로 션수(先手)를 치면 남을 제압하고 후수(後手)를 치면 남에게 제압당하는 뜻으로 주도권 장악의 중요성을 이르는 말.

89) 발착(拔捉) : 쳐서 잡음.

90) 계양 : '남양'의 오기로 추정됨.

91) 하슈(下手) : 하수. 어떤 일에 손을 대거나 혹은 손대어 사람을 죽임.

"나는 샹쥬 스즘92)일어니 경스(京師)로 가다가 틱슈 위의를 보고 즈연 황겁(惶怯)ᄒ여 숨엇ᄂ이다."

진한이 져의 긔질이 약ᄒ믈 보고 노ᄒ니라. 이젹의 쟝영도 못 잡고 승(僧)도 ᄒ낫토 업거늘 진시 듯고 진한더러 왈

"이졔 쟝영과 한시⟨18b⟩를 잡지 못ᄒᆞᆫ즉 미구(未久)의 딕환(大患)이 이르리니 쟝찻 엇지ᄒ리오?"

ᄒ며 누쉬(淚水) 비 오듯 ᄒ거늘 진한이 위로왈

"ᄌ연 잡을 도리 이시리니 부인은 관심ᄒ라."

ᄒ더라.

이날 쟝영이 스스로 싱각ᄒ되

'진한은 형셰(形勢) 쟝(壯)ᄒ고 나는 힘이 젹으미 경히 하슈치 못ᄒ리니 ᄎ라리 집의 도라가 양모를 위로ᄒ고 다시 도모ᄒ리라.'

ᄒ고 남양의 가 시즁 분묘의 하직ᄒᆞᆯ식 동니(洞里) 스름이 닐오되

"영능틱쉬 발군(發軍)ᄒ여 공ᄌ를 잡으려 ᄒᄂ니 밧비 피ᄒ라."

---

92) 스즘 : '스름(사람)'의 오기.

ᄒᆞ거늘 영이 놀ᄂᆞ 즉시 금병산으로 향ᄒᆞ니라.

선시의 한시 졔승을 다리고 금병산으로 갈식 여러 늘 발셥(跋涉)93)ᄒᆞ미 발이 부릇고 긔운이 진(盡)ᄒᆞ여 ᄒᆡᆼ보(行步)치 못ᄒᆞ여 졔승의게 붓들녀 한 곳의 다다라는 큰 뫼히 하늘의 년(聯)ᄒᆞ여 층암졀벽(層巖絶壁)이 싹근 듯 ᄒᆞ고 길이 좁아 한 ᄉᆞ름식 용납(容納)ᄒᆞ는지라. 문득 한 ᄉᆞ름이 오거늘 산명을 무른즉 답왈

"이 뫼 일홈은 검각(劍閣)이오 젼졍(前程)94)이 이ᄇᆡᆨ니(二百里)라."

ᄒᆞ니 한시 탄왈

"아모져도 ᄒᆡᆼ치 못ᄒᆞ여 이곳의셔 쥭으리로다."

졔승 왈

"이럿틋 ᄒᆞ다가는 〈19a〉 이 고기를 넘지 못ᄒᆞ여 우리 다 즘싱의게 쥭으리니 아모리 박졀(迫切)ᄒᆞᄂᆞ 각기 목숨을 도모ᄒᆞ리라."

ᄒᆞ고 한시를 ᄇᆞ리고 가거늘 한시 홀일업셔 홀노 안져 통곡ᄒᆞ더니 이젹의 장영이 검각의 다다라 슬푼 곡셩을

---

93) 발셥(跋涉) : 발섭. 산을 넘고 물을 건너 길을 감.
94) 젼졍(前程) : 전정. 앞으로 가야 할 길.

듯고 ᄌ연 ᄆ음이 감동ᄒ여 곡셩을 ᄎᄌ 올ᄂ가니 ᄒ 녀승이 홀노 안져 우ᄂ지라. 영이 문왈

"그ᄃᄂ 엇던 화상(和尙)이완ᄃ 이 험흔 산즁의셔 홀노 우ᄂ뇨?"

한시 답왈

"쇼승(小僧)은 졍쳐 업슨 즁으로 쵹디(蜀地) 풍경을 구경코져 ᄒ여 여러 동ᄒᆡᆼ(同行)이 가다가 쇼승이 발병이 ᄂ미 동ᄒᆡᆼ이 ᄇ리고 가기로 안져 우ᄂ이다."

영이 쳥파의 가련히 녀겨 싱각ᄒ되

'져 스름을 ᄇ리고 간즉 일졍 호표(虎豹)의 밥이 되리라.'

ᄒ고 닐오ᄃ

"그ᄃᄂ 우지 말고 이 말를 타라."

ᄒ니 한시 다ᄒᆡᆼ히 녀겨 스례ᄒ고 말긔 올ᄂ 힝흘시 공ᄌᄂ 거러 고기를 너머가니 몬져 가던 즁들이 녕(嶺) 우희셔 쉬거늘 영이 ᄃᆡ미왈

"너희ᄂ 거름을 잘 것노라 ᄒ고 동ᄒᆡᆼ을 즁노의셔 죽게 ᄒ니 이ᄂ 불가(佛家) ᄌ비지심(慈悲之心)이 아니〈19b〉라. 드르니 금병산으로 간다 ᄒ니 이 즁을 다리고 가라. 나도 금병산의 닛ᄂ 스름이니 계룡스의 가보와 이 즁이 업스면 너희를 다 죽이리라."

ᄒᆞ고 고기를 너머가거늘 한시 무슈ᄉᆞ례(無數謝禮)ᄒᆞ고 제승을 ᄯᅡ라가니라.

ᄌᆡ셜(再說). 원 부인이 영을 니별ᄒᆞᆫ 후 쥬야(晝夜) ᄉᆞ렴(思念)이 간절ᄒᆞ더니 일일은 노복이 공ᄌᆞ 도라오믈 고ᄒᆞ거늘 부인이 문의 ᄂᆞ와 영의 손을 잡고 삼년(三年) 별회(別懷)를 니르니 영이 양모의 셩톄(聖體) 안강(安康)ᄒᆞ시믈 못뉘 희힝(喜幸)ᄒᆞ여 훌ᄉᆡ 어ᄉᆞ 나와 힝역(行役)을 위로ᄒᆞ고 보슈(報讎) 여부(與否)를 무르니 영이 ᄉᆞ셰(事勢) 여의(如意)치 못ᄒᆞᆯ ᄉᆞ연을 고ᄒᆞ여 왈

"틱틱의 ᄉᆞ렴ᄒᆞ실 ᄇᆞ를 잇지 못ᄒᆞ여 도라와 뵈옵고 다시 이년(二年) 말미를 어더 도모코져 ᄒᆞᄂᆞ이다."

부인 왈

"네 츌텬지효(出天之孝)95)로 이럿틋 ᄒᆞ믈 내 엇지 막으리오마는 다만 피강아약(彼强我弱)96)ᄒᆞ여 도로혀 져의 화를 입을가 져허ᄒᆞ노라."

계향이 공ᄌᆞ의 무ᄉᆞ히 도라오믈 하례(賀禮)ᄒᆞ고 문왈

---

95) 츌텬지효(出天之孝) : 출천지효. 하늘이 낸 효자라는 뜻으로 지극한 효자나 효성을 이름.

96) 피강아약(彼强我弱) : 저는 강하고 나는 약함.

"부인 존망(存亡)을 ᄋ라 계시니잇가?"

영이 졍군산 고기의셔 노인 맛느 문답ᄒ던 ᄉ〈20a〉연을 니르며 시로 슬허ᄒ더라.

이후로 영이 글를 ᄇ리고 무예를 익히더니 ᄂ히 십오셰(十五歲) 되미 직죄 진짓 영걸(英傑)이라. 부인이 깃거 왈

"질녜 ᄯᄒ 쟝셩ᄒ니 밧비 결혼ᄒ여 ᄌ미를 보고져 ᄒ노라."

어ᄉ 왈

"말슴이 올ᄒᄂ 영이 무(武)를 힘쓰니 엇지 쳔금녀ᄋ(千金女兒)의 비필(配匹)를 삼으리오?"

부인이 불열왈(不悅曰)

"두 ᄋ히 인물과 직죄 상젹(相敵)ᄒ니 텬졍비필(天定配匹)이여늘 엇지 호반(虎班)을 혐의ᄒ리오? 현뎨ᄂ 문과(文科)ᄒ여 무슴 귀(貴)ᄒ미 닛ᄂ요?"

ᄒ고 드러가니 영이 어ᄉ의 말를 듯고 분ᄒ더니 일일은 어ᄉ 영을 불너 직조를 구경코져 ᄒ거늘 영이 즉시 활를 다려 ᄇᆡᆨ보(百步) 밧긔 버들닙흘 맛치니 어ᄉ 쇼왈

"궁ᄌᆡ(弓才)ᄂ 묘(妙)ᄒ거니와 용밍(勇猛)을 보고져 ᄒ노라."

영이 즉시 갑(甲) 닙고 쳘퇴(鐵槌)와 창(槍)을 들고

말긔 올ᄂᆞ 좌튱우돌(左衝右突)ᄒᆞ니 몸이 은광(銀光)이 되여 사람은 보지 못ᄒᆞ고 은독(銀禿)[97] ᄒᆞᄂᆞ히 왕ᄂᆡ(往來)ᄒᆞ거늘 어ᄉᆡ 몸을 니러 구경ᄒᆞ더니 영이 마를 달여 어ᄉᆞ 압희 다다라 쇼릭를 벽역(霹靂)갓치 지르니 산쳔(山川)이 진동(震動)ᄒᆞ는지라. 어ᄉᆡ 구경의 참쳑허다가 놀나 ᄯᅡ희 업더지거늘 영〈20b〉이 급히 말긔 ᄂᆞ려 붓드러 니릐혀이 어ᄉᆡ 정신을 진정ᄒᆞ어 왈

"ᄂᆡ 벽역이라도 놀ᄂᆞ미 업더니 금일 네 쇼릭의 니럿 틋 ᄒᆞ니 네 용밍을 몰ᄂᆞ도다."

영 왈

"디쟝뷔(大丈夫) 셰상의 ᄂᆞ미 일홈을 후셰(後世)의 젼ᄒᆞ미 쟝부의 ᄉᆞ업(事業)라. 디인(大人)이 쇼ᄌᆞ를 호반이라 ᄒᆞ여 미안(未安)이 녀기시ᄂᆞ 쇼ᄌᆞ는 녹녹ᄒᆞᆫ 문관(文官)을 닝쇼(冷笑)ᄒᆞ는 빅라."

ᄒᆞ더라.

니썩 영능틱슈 진한이 반(叛)ᄒᆞ여 군ᄉᆞ 슈만(數萬)을 거ᄂᆞ려 강을 건너 유쥬를 쳐 아스니 텬ᄌᆡ(天子) 근심허ᄉᆞ 문무(文武)를 모화 의논ᄒᆞ실ᄉᆡ ᄉᆞ문(四門)의 방(榜)

---

[97] 은독(銀禿) : 은빛 독수리.

을 붓쳐 쟝ᄉ(壯士)를 쵸모(招募)ᄒ시니 쟝영이 듯고 원 부인긔 고왈(告曰)

"쇼ᄌ 이셔를 타 국젹(國賊)을 쇼멸(掃滅)ᄒ고 원슈를 갑고져 ᄒᄂ이다."

부인 왈

"네 용녁(勇力)이 졀뉸(絶倫)ᄒ니 근심이 업스되 늬ᄂ히 만흐미 다시 못 볼가 슬허ᄒ노라."

영 왈

"모친은 과려(過慮)치 마르쇼셔."

ᄒ고 하직고 발힝ᄒ여 쥬야 달여 황셩(皇城)의 니르러 방문(榜文)을 쎠히니 관원(官員)이 연고를 뭇거늘 영이 샹쇼(上疏)를 늬여 관원을 쥬며 텬ᄌ긔 쥬달(奏達)ᄒ라 ᄒ니 관원 박인징이 즉시 텬ᄌ긔 올니니 기셔(其書)에 왈

'진한이 젼일(前日) 오셰신과 동〈21a〉심(同心)ᄒ여 신(臣)의 아비를 모함ᄒ여 쥭이고 신의 어미를 겁박고져 허미 신뫼(臣母) 계교로 오셰신을 쥭이고 신을 보젼코져 ᄒ다가 ᄯ 잡혀 쥭은 빈 되오니 신의 유뫼 신을 업고 익쥬로 도망ᄒ여 숑조의 벼슬ᄒ던 원경[98]의 누의게 슈양(收養)ᄒ여 십여셰(十餘歲)의 비로쇼 신의 부뫼 오셰신의게 쥭은 줄 아오니 이곳 신의 불공딕텬지쉬라. 진

한이 죽기를 지쵹ᄒ여 모반(謀反)ᄒ니 신의 보슈헐 쩌
라. 원컨ᄃᆡ 일지군(一枝軍)99)을 빌나시면 진한을 버혀
국가 근심을 덜고 신의 원슈 갑기를 ᄇᆞ라ᄂᆞ니다.'

ᄒ엿거늘 샹(上)이 남필(覽畢)의 칭찬왈

"이제 장영을 어드니 엇지 진한을 근심ᄒ리오?"

ᄒ시고 장영을 불너 보시고 ᄃᆡ원슈(大元帥)를 허이
시고 뉵만군(六萬軍)을 쥬시니 장영이 스은(謝恩)ᄒ고
ᄒᆡᆼ군(行軍)ᄒ여 녕능 지경(地境)의 니르러 결진(結陣)
ᄒ고 격셔(檄書)를 젼ᄒ되 국가 근심을 덜고 원슈 갑흘
ᄉᆞ연이라. 진한이 ᄃᆡ로ᄒ니 한 장ᄉᆞ(壯士) ᄌᆞ원(自願)ᄒ
되 이ᄂᆞᆫ 진시의 오라비 진건이라. 진한이 ᄃᆡ희ᄒ여 졍병
(精兵) 삼만(三萬)을 쥬니 진건이 진젼(陣前)의 나와 싸
홈을 도도거늘 영이 〈21b〉 ᄃᆡ호왈(大呼曰)

"너는 엇던 스람인다?"

진건 왈

"나는 오셰신의 쳐남(妻男) 진건이라. 네 어미 오 ᄐᆡ
슈의 쳡(妾)이 되엇다가 간계(奸計)로 ᄐᆡ슈를 쥭이고 도

---

98) 원경 : 앞에서는 원 어사의 성명을 '원귀'라 했다.

99) 일지군(一枝軍) : 한 무리의 병사.

망ᄒ엿거늘 네 무슴 낫츠로 큰말를 ᄒᄂ᠋ᆫ다?"

영이 분긔츙텬(憤氣沖天)[100]ᄒ여 철퇴를 들고 바로 진건을 취ᄒ여 진건의 ᄃᆡ골를 씨치며 머리를 버혀 들고 도라와 잇튼날 원슈 급히 셩(城)을 치거늘 진한이 정창츌마(挺槍出馬)[101]ᄒ니 원슈 크게 ᄭᅮ지져 왈

"노젹(老賊)이 우리 부친을 무슴 연고로 ᄒᆡ(害)ᄒ엿ᄂ᠋ᆫ다?"

ᄒ거늘 진한이 원슈를 바라보미 위풍(威風)이 일ᄃᆡ(一代) 영웅(英雄)이라. 마(馬)를 두루혀 진즁(陣中)의 들고 쇼연(少年) 쟝ᄉᆡ ᄂᆡ다르니 원슈 디호왈

"오ᄂ᠋ᆫ 쟝슈(將帥)ᄂ᠋ᆫ 셩명을 통(通)허라."

그 쟝ᄉᆡ 왈

"나는 진 틱슈 ᄋ᠋ᆞ들 셰웅이라."

원슈 왈

"네 능히 ᄂᆡ 살을 바들쇼냐?"

셰웅 왈

---

100) 분긔츙텬(憤氣沖天) : 분기충천. 분한 기운이 하늘로 솟아오를 만큼 대단함.

101) 정창츌마(挺槍出馬) : 정창출마. 창을 빼 들고 말을 달려 나감.

"너는 종일 쏘라. 니 엇지 겁ᄒ리오?"

흔딕 원슈 거즛 두 기를 쏘니 셰웅이 연(聯)ᄒ여 밧고 쇼왈(笑曰)

"네 활 법이 엇지 나의 영웅을 당ᄒ리오?"

ᄒ고 젼혀 방비(防備)치 아니커늘 원슈 찌를 타 흔 딕를 쏘니 셰웅이 말긔 써러져 죽거늘 원슈 젹진(敵陣)의 〈22a〉 왕닉(往來) 치빙(馳騁)102)ᄒ니 죽엄이 틱산 갓더라. 진한이 셰웅 죽으믈 보고 통곡왈

"니 밋는 빅 셰웅이러니 이졔 엇지ᄒ리오?"

진한의 ᄋᆞ오 진복 왈

"당쵸의 쟝 시즁을 죽이기는 오셰신 쇼의(所依)라. 이졔 진시를 믹여 쟝영의게 보닉고 우리 죄 아니믈 닐너 달닉면 쟝영이 우리를 원치 아니ᄒ리이다."

진한 왈

"뉘 능히 쟝영을 달닉리오?"

진복 왈

"쇼뎨(小弟) 가리이다."

진한 왈

---

102) 치빙(馳騁) : 말을 타고 돌아다님.

"너를 영이 알면 죽일가 ᄒᆞ노라."

복 왈

"닉 져와 면분(面分)이 업스니 엇지 알리오?"

진한이 즉시 무ᄉᆞ(武士)로 진시를 잡아 오니 진시 통곡왈

"틱쉬 엇지 나를 ᄉᆞ디(死地)의 보닉는뇨?"

진한 왈

"아즈를 죽이미 다 그딕의 탓시라. 장영이 그딕 여긔 잇스믈 알고 물너가지 아니ᄒᆞ니 마지 못ᄒᆞ미라."

ᄒᆞ고 진복이 진시를 다리고 나아가 장영을 보고 진시의 젼후 ᄉᆞ연을 닐너 진한의 무죄ᄒᆞ믈 셜파ᄒᆞ니 원쉬 진시를 꾸짓고 죽이려 ᄒᆞ다가 다시 싱각ᄒᆞ되

'모친 분묘를 츳즌 후 죽이리라.'

ᄒᆞ고 진복ᄃᆞ려 왈

"진시는 잡아스ᄂᆞ 진한의 고기를 먹고져 ᄒᆞᄂᆞ니 밧비 등딕(等待)ᄒᆞ라."

ᄒᆞ니 진복이 도라가 이 ᄉᆞ〈22b〉연을 젼ᄒᆞ니 진한이 듯고 놀ᄂᆞ 왈

"ᄉᆞ셰 여ᄎᆞᄒᆞ니 일즉 황복ᄒᆞ미 조흘가 ᄒᆞ노라."

복 왈

"형장(兄丈)은 겁닉지 말고 승부(勝負)를 결(決)ᄒᆞ여

보쇼셔."

진한 잇튼날 병(兵)을 거느려 디진(對陣)헐시 원쉬 디호왈

"노젹은 날과 결으지 말고 셰웅의 머리를 달느."

호령ᄒᆞ니 한이 디로ᄒᆞ여 칼를 둘너 장영을 취ᄒᆞ거늘 원쉬 쓰화 일합(一合)이 못ᄒᆞ여 진한이 닷거늘 원쉬 마(馬)를 치쳐 디호(大呼) 일셩(一聲)의 쳘퇴로 한의 말을 쳐 것구르치니 한이 쯔히 쎠러지는지라. 원쉬 한을 싱금(生擒)ᄒᆞ여 본진(本陣)으로 도라와 부친 영위(靈位)를 비셜(排設)ᄒᆞ고 친히 칼를 드러 두 쪽의 ᄂᆡ여 졔(祭)ᄒᆞ고 일변 쳡셔(捷書)를 올니고 반ᄉᆞ(班師)103)ᄒᆞ니라.

이ᄯᅥ 샹(上)이 원슈를 마즈 셩공ᄒᆞᄆᆞᆯ 칭찬왈

"경(卿)이 비록 닙신(立身)치 못ᄒᆞ여스느 짐(朕)을 도으라."

ᄒᆞ시고 디쟝군 도졍후를 봉(封)ᄒᆞ시니 원쉬 쥬왈(奏曰)

"신이 아비 원슈는 갑하ᄉᆞ오느 어미 ᄒᆡ골를 찻지 못ᄒᆞ여ᄉᆞ오니 말믜를 쥬시면 모친 ᄒᆡ골를 ᄎᆞ즌 후 도라오

---

103) 반ᄉᆞ(班師) : 반사. 군사를 이끌고 돌아옴.

를 브라느이다."

샹이 긔특이 여기스 의윤(依允)ᄒ시고 익쥬 즈스(刺史)를 ᄒ이시이 영이 스은 ᄒ직 후 익쥬로 향헐시 정군산의 니르러 진시를 ᄭ지104) 왈

⟨23a⟩ "네 우리 모친 분묘를 바른듸로 고ᄒ여 죄를 덜느."

진시 울며 오세신의 스연 고ᄒ거늘105) 즈시 쳥필의 일희일비(一喜一悲)ᄒ여

"나는 알기를 모친이 네 숀의 맛친가 ᄒ엿더니 진실노 네 말 갓틀진듸 텬하 승당을 다 도라 찻지 못ᄒ면 너를 죽이리라."

ᄒ고 군스로 진시를 압영(押領)ᄒ여 익쥬로 보늬니라.

이ᄯᅦ 원 부인이 쟝영을 보늰 후 념여 무궁ᄒ더니 일일은 원 어시 드러와 쟝영이 셩공ᄒ고 익쥬로 온다 ᄒ거늘 원 부인이 듯고 깃거ᄒ더니 이윽고 즈시 드러와 부인긔 빈알(拜謁)ᄒ니 부인이 즈시의 숀을 잡고 칭찬ᄒ거

---

104) ᄭ지 : 'ᄭ지져(꾸짖어)'의 오기.

105) 진시… 고ᄒ거늘 : 문맥상 '오세신'이 아니라 '한씨'의 사연을 고한 것으로 보는 것이 타당하다.

늘 즈시 왈

"니는 다 틱틱의 은덕(恩德)이로쇼이다."

ᄒ고 진시 설화를 고왈

"모친이 지금 스라 승이 되엿다 ᄒ오니 쇼지 텬하를 도라 모친을 츳고져 ᄒᄂ니다."

부인이 딕희왈

"닉 드른이 계룡스 부체 영험허다 ᄒ니 네 게 가 빌ᄂ."

즈시 응낙ᄒ고 계룡스로 가니라.

이젹 한시 계룡스의 와 웃듬 승니 되엿더니 즈시 드러와 법당(法堂)의 안고 슈승(首僧)을 부르니 한시 드러오미 즈시 이윽히 보다가 왈

"이 즁이 젼의 보던 즁이로다."

한시 쏘흔 즈시 보니 젼일 검각의셔 말 틱와 넘〈23b〉 기던 장시여늘 한시 왈

"쇼승이 이졔야 싱각ᄒ즉 년젼의 여ᄎ여ᄎᄒ온 일이 잇셔 샹공을 귀히 되시믈 쥬야(晝夜) 츅원(祝願)ᄒ옵더니 오날날 맛눌 줄 알니잇고?"

즈시 왈

"그딕 졍군산 졔인스의셔 온 즁이야?"

한시 그 무르믈 의심ᄒ여 딕왈

"여긔는 그런 숭이 업거니와 상공이 엇지 무르시느뇨?"

ᄌᆞ시 왈

"ᄂᆡ 우연히 무르미어니와 문슈부쳬 녕험ᄒᆞ다 ᄒᆞᄆᆡ 빌고져 ᄒᆞᄂᆞ니 그ᄃᆡᄂᆞᆫ 절ᄎᆞ(節次)를 니르라."

한시 왈

"삼일(三日) 직계(齋戒)106)ᄒᆞ고 도츅(禱祝)107)ᄒᆞ쇼셔."

ᄌᆞ시 그 말ᄃᆡ로 ᄇᆡ례(拜禮)108)ᄒᆞ고 비러 왈

"ᄂᆡ 삼셰의 부친이 기셰(棄世)ᄒᆞ고 모친을 닐코 남의 슈양지(收養子) 되엿더니 텬ᄒᆡᆼ(天幸)으로 황샹(皇上)의 힘을 비러 부친 원슈를 갑ᄒᆞ스나 지금 모친 종적을 아지 못ᄒᆞ오니 ᄇᆞ라건ᄃᆡ 부쳐는 쇼ᄌᆞ의 정성을 살피스 모친을 슈히 맛ᄂᆞ게 ᄒᆞ쇼셔."

한시 이쩍 법당 밧긔셔 ᄌᆞᄉᆞ의 츅언(祝言)을 듯고 문

---

106) 직계(齋戒) : 재계. 종교적 의식 따위를 치르기 위해 몸과 마음을 깨끗이 하고 부정(不淨)한 일을 멀리함.

107) 도츅(禱祝) : 도축. 바라는 일이 이루어지길 비는 것.

108) ᄇᆡ례(拜禮) : 배례. 절해 예를 표함.

득 감동ᄒ여 싱각ᄒ되

'이 스람이 아이 늬 아들 영인가?'

ᄒ며 혼ᄌ말노

"인간의 나 갓튼 스람도 닛도다."

ᄒ고 슬허ᄒ더니 이ᄶᅥ 계향이 두루 구경ᄒ다가 우름 쇼릭 느는 곳을 ᄎᆞ〈24a〉ᄌ가니 한 노승이 홀노 안져 울거늘 계향이 연고를 무르니 한시 도라보니 그 스람의 얼골이 심히 닉은지라. ᄌ셰 보미 의심 업슨 계향이라. 깃부믈 정치 못ᄒ여 급히 계향의 손을 붓들고 왈

"네 엇지 나를 몰ᄂ보는다?"

계향이 ᄌ시 보미 분명ᄒ 한 부인이라. 붓들고 방성딕곡(放聲大哭)ᄒ며 ᄌᄉ의 ᄉ연을 고ᄒ더니 이ᄶᅥ 직시 도축ᄒ다가 이 말를 듯고 딕경ᄒ여 밧비 나아가니 계향이 급히 고왈

"져 노승이 곳 우리 쥬모(主母) 한 부인이시니 샹공(相公)의 틱부인(太夫人)[109]이로쇼이다."

ᄌ시 듯고 통곡왈

"쇼ᄌᄂ 곳 불효ᄌ 영이로쇼이다."

---

109) 틱부인(太夫人) : 태부인. 남의 어머니의 존칭.

한시 영을 붓들고 울며 그 진가(眞假)를 씨닷지 못ᄒ
여 엇지홀 줄 몰ᄂ 정신을 ᄎ려 법당으로 드러가니 ᄌ시
젼후 셜화를 고ᄒ니 부인이 ᄯᄒ ᄌ초지종을 닐너 셔로
일희일비ᄒ다가 잇튼날 ᄌ시 위의ᄅᆞ ᄎ려 부인을 뫼셔
원 부인 집의 니르러 양부인(兩夫人)이 셔로 례필(禮畢)
ᄒ고 한 부인이 원 부인긔 ᄋᆞᄌ 양휵ᄒᆞᆫ 덕을 ᄉ례ᄒ니
원 부인이 겸양(謙讓)ᄒ며 셔로 담쇼(談笑)ᄒ더니 니날
잔치를 비셜ᄒ고 즐기더니 문득 장 밧〈24b〉긔셔 곡셩
(哭聲)이 쳐량(凄涼)ᄒ거늘 ᄌ시 듯고 뒤로ᄒ여 잡아오
니 진시라. 문왈

"네 엇지 우ᄂᆞ뇨?"

진시 왈

"즐거온 ᄉ람은 조커니와 셜운 ᄉ람이야 엇지 즐거오
리오?"

ᄌ시 노ᄒ여 칼를 ᄲ히니 한 부인이 급히 말여 왈

"진시ᄂ 착ᄒᆞᆫ 부인이라. 가부를 위ᄒ여 보슈코져 ᄒ
미 당연ᄒ니 엇지 죽이리오?"

ᄒ고 진시를 붓드러 위로왈

"우리 졔인ᄉ의셔 ᄯᅥᄂᆞᆫ 후 금일 보미 반가온지라. 그
딕 오히려 날 힉헐 마음이 잇ᄂ냐?"

진시 왈

"그 마음이야 죽기 젼의 어이 업스리오?"

한 부인이 츳탄왈

"진짓 녈녜(烈女)로다."

ᄌᆞᄉᆞ를 도라보아 왈

"닉게는 원슈느 져는 녈녜라. 죽이미 불가ᄒᆞ니 인마(人馬)를 ᄎᆞ려 졔 곳으로 보닉라."

ᄒᆞ니 ᄌᆞ시 모친 말슴을 거역(拒逆)지 못ᄒᆞ여 노화 보닉니라.

일일은 원 부인이 어ᄉᆞᄃᆞ려 질녀 셩혼(成婚)ᄒᆞ믈 지촉ᄒᆞ여 퇵일(擇日) 셩녜(成禮)ᄒᆞᆫ 후 한 부인이 딕희ᄒᆞ여 원 부인ᄃᆞ려 왈

"신부(新婦)는 진짓 ᄋᆞᄌᆞ의 빅필이라. 영이 무슴 복(福)으로 이런 현쳐(賢妻)를 맛ᄂᆞᆫ고?"

ᄒᆞ더라.

이ᄶᅥ 진시의 아비 히외(海外) 졔국(諸國)의 ᄉᆞ신(使臣) 갓다가 표풍(漂風)ᄒᆞ여 삼여110) 만의 도라왓더니 ᄋᆞ〈25a〉들 건은 장영의게 죽고 ᄯᆞᆯ은 영의게 잡혀갓스믈 듯고 딕로ᄒᆞ여 장영을 도모코져 ᄒᆞ더라. ᄎᆞ시 텬ᄌᆡ 진시의

---

110) 삼여 : '삼연(3년)'의 오기.

ᄋ오로 귀비(貴妃)를 삼으 총이(寵愛)ᄒ시미 일노 인ᄒ여 진시의 아비 벼살이 놉핫더니 일일은 텬ᄌᄭ긔 쥬왈

"쟝영은 범 갓튼 쟝쉬라. 셔쳔 졔군(諸郡)을 맛기시이 염녜 될가 ᄒᄂ이다."

샹 왈

"연즉 엇지ᄒ리오?"

진뮈 왈

"형쥬는 익쥬 졉경(接境)이라. 신으로 ᄌᄉ를 삼으시면 쟝영의 도졍111)을 살피리이다."

샹이 즉시 진무로 형쥬 ᄌᄉ를 ᄒ이시니 진뮈 형쥬의 니르러 쟝ᄉ를 모화 군법(軍法)을 연습ᄒ고 진융을 셔쳔의 보뉘여 진시 ᄉ싱을 알고 쟝영의 허실(虛實)를 탐(探)ᄒ다.

이썩 진시 노히여 강동(江東)으로 향ᄒ더니 듕노의셔 진융을 맛ᄂ 셔로 롱곡112) 셜화ᄒ니 진시 딕희ᄒ여 익쥬 인마를 보뉘고 융과 ᄒᆫ가지로 형쥬의 와 진무를 보고 젼후 ᄉ연을 니르니 지뮈113) 졀치심한(切齒深恨)114)

---

111) 도졍 : '동졍(동정)'의 오기.

112) 롱곡 : '통곡'의 오기.

ᄒᆞ더라. 익쥬 하인이 도라가 진융 남미 슈작(酬酌)ᄒᆞ던 ᄉᆞ연을 고ᄒᆞ니 ᄌᆞ시 디경ᄒᆞ여 근심ᄒᆞ거늘 원 부인이 연고를 뭇거늘 ᄌᆞ시 왈

"진뮈 형쥬 ᄌᆞ시 되엇스니 나를 모함ᄒᆞ여 텬지 부르시면 나아간즉 죄를 닙을 거시오 아〈25b〉니 가면 역명(逆命)이 되리이다."

한 부인 왈

"일즉 방비(防備)ᄒᆞ고 더듸지 말나."

ᄌᆞ시 즉시 슈령(守令)을 쳥ᄒᆞ여 왈

"진뮈 여ᄎᆞ여ᄎᆞᄒᆞ려 ᄒᆞ니 제공(諸公)은 조흔 묘척을 정ᄒᆞ라."

모다 응셩왈(應聲曰)

"익쥬 병(兵)을 두어시니 엇지 진무를 두리리오?"

ᄌᆞ시 왈

"뉘 진무 오는 길을 막을고?"

뇌진졍이 닉다르니 ᄌᆞ시 디희ᄒᆞ여 삼쳔군(三千軍)을 쥬어 검각을 직희오고

---

113) 지뮈 : '진뮈(진무가)'의 오기.

114) 졀치심한(切齒深恨) : 절치심한. 몹시 분해 이를 갈며 깊이 한함.

"냥평관은 익쥬 보장지지(保障之地)라. 뉘 가리오?"

원 어스와 밍지걸이 즈원(自願)ᄒ거늘 즈시 군스 오만(五萬)을 쥬어 직희라 ᄒ다.

추시 진뮈 이 스연으로 쥬달ᄒ듸 샹이 문무를 모화 의논ᄒ실시 제신(諸臣)이 쥬왈

"장영은 국가(國家) 공신(功臣)이라. 엇지 진무의 말만 듯고 가븨야히 공신을 정벌(征伐)ᄒ리잇가? 장영으로 다른 벼슬를 ᄒ이여 실상(實狀)을 아연 후 쳐치(處置)ᄒ미 늣지 아니ᄒ니이다."

샹이 올히 여기스 장영으로 좌장군(左將軍)을 ᄒ이여 스즈(使者)를 익쥬로 보니다. 장영이 조셔(詔書)를 바다보니 듸기(大槪) 왈

'경을 익쥬의 보닌 후 쥬야 잇지 못ᄒ되 공을 앗겨 부르지 아낫더니 이제 경이 모반ᄒ다 허나 그 실상을 아지 못ᄒ는 고로 좌장군을 졔슈(除授)ᄒᄂ니 섈니 올나오라. 만일 응명(應命)치 아니면 엇지 〈26a〉 용셔ᄒ리오?'

ᄒ엿거늘 즈시 탄식왈

"진무의 참쇼(讒訴)115)로 텬지 의심ᄒ시미로다."

---

115) 참쇼(讒訴) : 참소. 없는 죄를 있는 것처럼 꾸며 고해바침.

ㅎ고 표(表)를 올니니 ㅎ여스되,

'신이 져근 공(功)으로 즁작(重爵)을 밧즈오미 긱골감은(刻骨感恩)116) ㅎ옵거늘 폐히(陛下) 진무의 참쇼를 미드시미라. 신은 몬져 진무를 버혀 긔군망샹(欺君罔上)헌 죄를 밝힌 후 스스로 미여 죄를 쳥ㅎ리이다.'

ㅎ엿더라.

각셜(却說). 진뮈 쟝영의 역명(逆命)ㅎ믈 듯고 유예미결(猶豫未決)117)ㅎ더니 문득 군시 보(報)ㅎ되

흔 션비 왓다 ㅎ거늘 진뮈 쳥ㅎ여 보니 형뇽(形容)이 고이ㅎ지라. 온 연고를 무르니 기인(其人)이 답왈

"나는 구리산 하(下)의셔 스란 지 일쳔오빅년(一千五百年)이라. 병법(兵法)이 능통(能通)허미 샹산도시라 ㅎ노라."

진뮈 디희ㅎ여 익쥬스를 무르니 도시 왈

"쟝영의 부쟝(副將) 뇌진졍과 밍지걸은 용밍(勇猛)이 과인(過人)ㅎ니 쟝군이 엇지 당ㅎ리오?"

진무 졀ㅎ여 왈

---

116) 긱골감은(刻骨感恩) : 각골감은. 뼈에 새길 정도로 은혜에 감사함.
117) 유예미결(猶豫未決) : 망설여 결정하지 못함.

"션싱은 도으쇼셔."

도시 왈

"장군의게 과거(寡居)혼 쫄이 잇다 ᄒᆞ니 장영을 잡거든 늬게 허헐쇼냐?"

진무 왈

"진실노 잡으면 그리허라."

도시 왈

"나는 검각을 치리이 장군은 냥평관(陽平關)으로 조츠 셩도(成都)의 모든 후 장영 잡ᄂᆞᆫ 양을 보라."

진뮈 표를 올니고 힝군헐시 도시 진언(眞言)을 염ᄒᆞ미 무슈(無數)혼 〈26b〉 군미(軍馬) 뫼흘 덥ᄂᆞᆫ지라. 이ᄶᅥ 뇌진정이 검각의 니르러 식쵸를 쏘코 화약 등을 준비ᄒᆞ여 약쇽을 졍ᄒᆞ엿더니 문득 군시 산곡(山谷)의 가득ᄒᆞ엿거늘 뇌진졍이 ᄌᆞ시 보니 큰 긔(旗)의 상산도시라 쓰고 운뮈(雲霧) ᄌᆞ옥ᄒᆞᆫ지라. 뇌진졍이 칼을 들고 경돗치 말나 ᄒᆞ고 살피더니 철갑(鐵甲) 군시(軍士) 영(嶺)을 넘거늘 방표일셩(放砲一聲)[118]의 불를 노흐니 이윽고 젹병(敵兵)이 하ᄂᆞ토 업는지라 고히 여겨 셩도로 도라오

---

118) 방표일셩(放砲一聲) : 방포일성. 포를 쏘아 소리를 냄.

니라. 젹장(敵將) 왕필, 진웅 등이 양평관의 니르거늘 밍지걸이 스항게(詐降計)119)를 써 왕필를 버히고 도라오니 진뮈 도ᄉ를 차ᄌ보니 도ᄉ 염녀 말ᄂ ᄒ고 진젼(陣前)의 나셔거늘 밍지걸이 직조를 결우ᄌ ᄒ니 도ᄉ 닝쇼ᄒ거늘 밍지걸이 로(怒)ᄒ여 졍창츌마ᄒ여 도ᄉ를 치니 칼이 드지 아니ᄒ니 당치 못헐 줄 아고 셩의 드러가니 장영이 젹진을 살피민 일졍 요긔(妖氣)라. 밍지걸이 도ᄉ의 마를 셜화ᄒ니 장영이 싸홈을 도도니 도ᄉ 말긔 올나 디호왈

"네 감히 나를 디젹(對敵)헐다?"

장영이 마ᄌ 쏘화 팔십여합(八十餘合)의 져당(抵當)치 못ᄒ여 닷더니 영이 몸을 날여 쳘퇴로 치니 도ᄉ 뇨동(搖動)치 아니코 〈27a〉 급히 ᄯ로미 영이 졍히 위급ᄒ더니 문득 뇌진졍이 합셰(合勢)ᄒ되 디젹지 못ᄒ더니 밍지걸이 ᄯ 협공(挾攻)허미 도ᄉ 그져야 물너가이라. 장영 왈

"도ᄉ 활과 창이 드지 아니ᄒ니 어엽도다."

뇌진졍 왈

---

119) 스항게(詐降計) : 사항계. 거짓으로 항복하는 계책.

"그놈이 장군과 쏘홀 졔 입을 버려 스람을 삼키려 ᄒ고 운무 등의 쇼리 완연히 뵈니 일졍 스람은 아니러이다."

영 왈

"계교로 잡으리라."

ᄒ고 뇌진졍다려 여ᄎ여ᄎᄒ라 ᄒ니 진졍이 글을 살의 미여 진무의게 쏘니 그 글의 ᄒ엿스되

"도스를 검각의 넘겻드 ᄒ고 장영이 나를 죽이고져 허미 분노ᄒ여 여ᄎ여ᄎᄒᄂ니 장군은 즉시 햐슈허라."

ᄒ엿거늘 진뮈 도스를 뵈니 도시 왈

"늬 잡으리라."

ᄒ고 셩하(城下)의 니로러 보니 장영이 말 타고 슌힝(巡行)ᄒᄂᆫ듸 뇌진졍이 칼을 가지고 뒤히 셧다 장영을 말 탄 치 밀쳐 셩하의 늬리치니 이ᄂᆫ 쵸인(草人)을 영의 모양으로 민드러 쇽의 낙시를 너헛더라. 도시 입을 버리고 말 탄 치 삼켜거늘 밍지걸이 일시(一時)의 불를 노ᄒ며 즛치니 도시 목의 낙시를 ᄂᆞ리려 ᄒ고 날쒸다가 불을 보고 〈27b〉 거문 구룸을 토(吐)ᄒ니 스쟈(死者) 무슈(無數)ᄒ지라. 도시 도라가 낙시를 ᄲ히고 장영을 한(恨)ᄒ더라. 장영이 여러 번 곤경을 당ᄒ여 삼쟝(三將)이 거의 잡히게 되엿더니 흔 도인이 고셩딕미왈(高聲大罵曰)

"이 업츅(業畜)이 감히 장영을 히힐다?"

ᄒ거늘 도ᄉ와 장졸(將卒)이 간ᄃᆡ업거늘 영이 도인(道人)긔 ᄉ례왈

"디인은 어ᄃᆡ 계시관ᄃᆡ 우리 삼인(三人)을 구ᄒ시ᄂ니잇고?"

도인 왈

"닉 검각산 신령(神靈)이러니 상산도ᄉ 닉 집을 아ᄂ고로 미양 그놈을 잡으려 ᄒᄂ니 그놈의 변홰(變化) 불측(不測)ᄒᄆᆡ 홀길업더니 금병산 노션을 맛ᄂ 닐으ᄃᆡ 도ᄉ 진무와 부동(符同)[120] ᄒ여 장영을 히ᄒ리니 밧비가 업츅을 업시ᄒ라 ᄒ여 그놈 죽일 슐법(術法)을 가로치기로 왓노라."

영이 ᄃᆡ희왈

"그놈의 근본(根本)이 엇더ᄒ 거시니잇가?"

도인 왈

"그놈은 구리산의셔 일쳔오ᄇᆡ년(一千五百年) 묵은 ᄇᆡ암이라. 변홰 무궁ᄒ니 당키 어렵도다."

영이 ᄉ례ᄒ고 도인과 셩도의 도라가 의논ᄒ고 군ᄉ

---

120) 부동(符同) : 그른 일을 하기 위해 몇 사람이 모여 한통속이 됨.

를 거느려 셩 밧긔 칠셩단(七星壇)을 무으고 동셔남북의 각각 군ᄉ로 방ᄉᆡᆨ(方色)을 응(應)ᄒ고 도인이 하늘긔 ᄉᆞ빅(四拜)ᄒ고 장영ᄃᆞ려 여ᄎᆞ〈28a〉여ᄎᆞ허라 ᄒ며 뇌진졍과 밍지걸를 불너 약속ᄒ니라. 이ᄯᅥ 도ᄉᆡ 진무와 계교를 졍ᄒᆞᆫ 후 진뮈 군ᄉ를 거느려 셩도를 치러 ᄒ더니 문득 방포일셩의 셩문(城門)을 열고 삼장(三將)이 나와 결진(結陣)ᄒ니 진뮈 ᄭᅮ지져 왈

"네 엇지 일즉 항복지 아니ᄒᄂᆞᆫ다?"

장영이 ᄃᆡᄆᆞᆯ왈

"너ᄂᆞᆫ 구리산 요물(妖物)를 밋거니와 워션 늬 살를 바드라."

ᄒ고 활을 쏘니 진뮈 왼편 다리를 맛고 말긔 ᄯᅥ러지ᄆᆡ 진융이 급히 구홀ᄉᆡ 영과 삼장이 승셰(勝勢)ᄒ여 즛치니 문득 광풍(狂風)이 ᄃᆡ작(大作)ᄒ며 운무(雲霧) ᄉᆞ니로 불근 ᄇᆡ얌이 ᄂᆞ려오며 입을 버려 장영을 물여 다라들거늘 영이 이믜 노션의 계교를 드러ᄉᆞ매 혹 쏘ᄒ며 혹 다라날ᄉᆡ ᄇᆡ얌이 연ᄒ여 진듕(陣中)가지 ᄯᆞ라 드러오거늘 영이 급히 황신긔(黃神旗) 압희 업듸며 군ᄉ로 ᄒ여곰 오방신긔(五方神旗)를 흔드니 오방신장(五方神將)과 ᄉᆞ히신장(四海神將)이 일시(一時)의 니다르니 노션이 하늘긔 직ᄇᆡᄒ고 칼을 ᄉᆞ방으로 두루치ᄆᆡ 쳘갑 군ᄉ

닉다라 도스를 에워쏘고 즛치니 노션이 쏘 보검(寶劍)을 하〈28b〉날의 쩌치며 쓰흐로 나리치니 동히 불씽이 갓튼 불이 번기갓치 스면으로 서리여 어지러히 도스를 즛치니 누린니 창텬(漲天)ᄒ며 뇌정벽녁(雷霆霹靂)121) 이 진동허민 두 편 군시 디경ᄒ여 업더지는 지 만커늘 니윽고 빅얌이 죽어 쓰히 쩌러지이 기리 오십장(五十丈)이오 굴기 다셧아람이오 불근 비늘이 스면 일쳑(一尺)이러라. 진뮈 졔쟝으로 더브러 의논왈

"이졔 도시 죽엇고 군시 겨우 삼쳔이라. 쌜니 형쥬로 도라갈만 못헐가 ᄒ노라."

이쩍 장영이 뇌진졍 밍지걸를 다리고 셩도의 와 장졸을 호궤(犒饋)ᄒ고 젼후 ᄉ연으로 표를 올니니 텬지 보시고 귀비를 총이ᄒ시고 진무의 죄를 뭇지 아니ᄒ시고 진뮈 장영의 희를 바들가 ᄒ여 진무로 양쥬ᄌᄉ를 ᄒ이시니 진뮈 양쥬로 올마가다가 불승분노(不勝憤怒)ᄒ여 병(病)드러 직ᄉ(直死)ᄒ니라.

츠시 나히 삼십뉵셰(三十六歲)라. 부인 원시 숨ᄌ(三子)를 싱(生)ᄒ니 장ᄌ(長子)는 규남이오 추ᄌ(次子)는

---

121) 뇌졍벽녁(雷霆霹靂) : 뇌정벽력. 천둥과 벼락이 격렬하게 침.

규필이오 삼ᄌᆞ(三子)는 규경이니 기기(箇箇) 부풍모습(父風母習)122)ᄒᆞ여 칭찬 아니 리 업더라. 니후로 〈29a〉 ᄌᆞ시 환노(宦路)의 ᄯᅳᆺ이 업셔 금병산의 드러가 노션을 만나니 노션이 반기며 션약(仙藥) 오기(五介)를 쥬거늘 가지고 도라와 두 부인과 가인(家人)의게 드러 먹은 후로 벽곡(辟穀)ᄒᆞ고 도(道)를 닥더니 일일은 노션이 이르러 ᄌᆞ스를 보고 왈

"그ᄃᆡ 세상 사람과 다르니 ᄂᆡ 뒤흘 ᄯᆞ라오라."

ᄒᆞ거늘 ᄌᆞ시 두 모친과 부인으로 ᄒᆞᆫ가지 ᄯᆞ라가니 호연 간ᄃᆡ업거늘 세 ᄋᆞ들이 슬허ᄒᆞ여 셩복(成服)ᄒᆞ고 명산(名山)을 갈희어 허장(虛葬)ᄒᆞ니라.

---

122) 부풍모습(父風母習): 모습이나 언행이 아버지와 어머니를 고루 닮음.

해 설

 이 책에서 소개하는《장한절효기》는 단국대학교 율곡 기념도서관에서 소장하고 있는 29장 분량의 경판본이다. 표지와 본문 첫머리에 각각 '張漢節孝記(장한절효기) 숀(전)'과 '장한절효긔 단'이라는 제명이 적혀 있고, 마지막 장에는 '홍수동신간(紅樹洞新刊)'이라는 간기와 다이쇼(大正) 9년(1920)에 한남서림에서 인쇄·발행했다는 판권지가 있어 홍수동 방각소가 영업하던 19세기 중반에 처음 간행된 것이 1920년에 재발행되었음을 알 수 있다. 경판본은 총 6종이 현전하는데 모두 같은 형태이며, 필사본 4종은 낙장으로 전체 서사를 확인할 수 없다. 활자본은 4종이 현전하나 같은 서사 구조와 서지 사항을 보이며 경판본과 비교할 때 고유 명사나 인물 설정에서 약간의 차이를 보일 뿐 사건 전개 양상은 유사하며 내용 축약이 빈번한 경판본에 비해 서사가 풍성하다. 따라서 가장 이른 시기에 간행된 경판본을 교주하고 현대어로 풀이하되 현대어 번역 시 서사 흐름이 매끄럽지 않은 부분은 1915년 신명서림에서 출판된 활자본《장한졀효긔(張漢節孝記)》를 참고해 보충했는데 이 책의 본문에는 '장녕젼(장영전)'이라는 제목이 덧붙어 있다.

꼬리에 꼬리를 무는 복수 이야기

원나라 초기를 배경으로 장영의 영웅적 일대기를 서사화한 영웅소설의 하나인 이 작품은 주인공의 이름에 '전(傳)'을 붙인 '장영전'이 아닌 '장한절효기'라는 독특한 제목을 가지고 있어 한씨와 장영 모자의 '절(節)'과 '효(孝)'를 부각한 작품임을 알 수 있다. 이러한 서사적 특성은 이 작품을 '도덕소설'이나 '윤리소설'로 규정하게 만들기도 했다. 특이한 것은 작중 두 사람의 절과 효가 '복수'라는 행위로 나타난다는 것이다. 이 작품에서 한씨는 한나라 영제(靈帝, 재위 168~189) 때 환관들이 사대부를 탄압한 사건인 '당고의 금(黨錮之禁)'으로 억울하게 죽은 범방(范滂, 137~169)의 아들이 자기에게 의지해 부친의 원수를 갚겠다고 말하는 꿈을 꾸고 아들 장영을 낳는다. 이처럼 복수를 다짐하는 장영의 태몽은 대체로 하늘에서 죄를 지은 천상계의 인물이 하강했다는 내용을 통해 주인공의 비범함과 앞날의 성공을 알려 주는 기능을 담당하는 일반적인 영

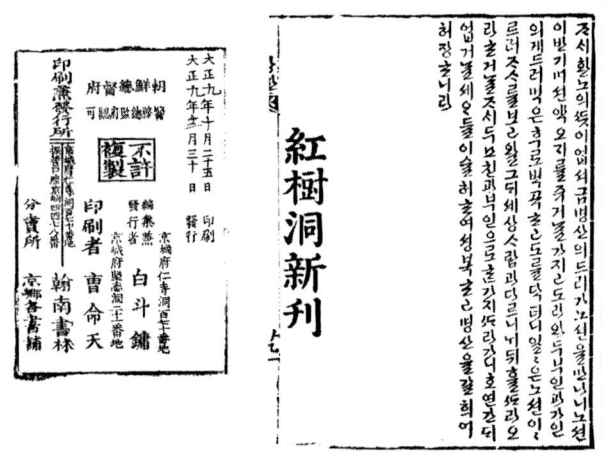

1920년 한남서림에서 재간행되었던
경판 29장본 《장한절효기(張漢節孝記)》의 판권지.

웅소설의 태몽과는 차이가 있다.

작품의 서사는 남양태수 오세신이 세 살배기 장영의 부친인 장필한을 모함해 옥에 가두고 나아가 장필한의 아내인 한씨를 탐해 영릉태수 진한과 모의해 장필한을 죽게 한 데서 시작된다. 이후 오세신 때문에 남편이 죽었다는 사실을 안 한씨는 혼인을 빙자해 오세신을 자기 집으로 유인해 독살한 후 잔인하게 사체를 훼손하고 도주한다. 그리고 한씨의 복수는 또 다른 인물에게 복수심을 일으키게 하는데 오세신의 아내 진씨 또한 남편의 원수를 갚기 위해 모든 것을 버리고 한씨를 뒤쫓게 된 것이다. 한편, 모친과 헤어져 원 부인의 양자가 된 장영 또한 친부모의 억울한 사연을 알고는 결국 영릉태수 진한을 죽여 복수를 완성한다. 그런데 이야기는 여기서 끝나지 않고 새로운 국면으로 접어든다. 외국에 사신으로 갔던 진씨의 부친 진무가 귀국해 장영과 진한의 대결에서 장영에게 목숨을 잃은 아들 건의 원수를 갚고자 한 것이다. 장영과 진무의 대결에서 장영은 진무의 조력자인 상산도사로 인해 고전을 면치 못하는데 이때 홀연히 나타나 상산도사를 퇴치한 이가 있었으니 그는 상산도사에게 집을 빼앗기고 절치부심하던 검각산 신령이었다. 이쯤 되면 복수란 《장한절효기》의 서사를 관통하는 핵심어이자 작중 인물들을 움직이게 하는 원동력으로 이 작품의 서사를 한마디로 말하자면 '꼬리에 꼬리를 무는 복수 이야기'라 할 수 있다.

송나라 유민과 원나라 관원의 대립 구도

이 작품에서 일어나는 모든 사건의 시발점은 한씨의

남편이자 장영의 부친인 장필한의 죽음이다. 작중 과거를 통해 송나라 조정에 출사한 장필한은 한씨와 혼인해 장영을 낳았고 부모가 세상을 떠나자 삼년상을 마친 뒤 다시 시중 벼슬을 맡았는데, 문제는 송나라가 망하고 원나라가 들어섰다는 것이다. 이후 가족과 함께 고향인 남양으로 돌아온 장필한은 청주산의 이름을 이제산으로 고치고 마을 이름도 도령촌이라 부르는데, 이제산의 '이제(夷齊)'란 주나라 무왕이 은나라를 무너뜨리자 주나라를 섬길 수 없다며 수양산으로 들어가 고사리만 캐 먹다가 굶어 죽었다는 그 유명한 백이(伯夷)와 숙제(叔齊)를 아울러 부르는 말이다. 또한 도령촌에서 '도령(陶令)'은 진나라 처사 도연명(陶淵明, 365~427)이 팽택현령(彭澤縣令)을 지낸 데서 비롯된 말로 도연명은 쌀 다섯 말 때문에 허리를 굽힐 수 없다며 관직을 버리고 귀향해 죽을 때까지 벼슬길에 오르지 않았다. 따라서 이제산과 도령촌이라는 이름에는 망한 송나라에 대한 절의(節義)를 지키겠다는 장필한의 강한 의지가 담겨 있다. 그러나 장필한은 얼마 지나지 않아 남양태수 오세신의 무고로 억울하게 옥에 갇히고 영릉태수 진한으로 인해 제대로 된 재판도 받지 못하고 죽을 위기에 처하자, 자신의 불행이 송나라 유신으로서 죽지 않고 살아 있는 불충에서 비롯된 것이라며 스스로 목숨을 끊는다.

따라서 장필한의 죽음은 불의한 오세신으로 인한 개인적 차원의 불행을 넘어 망국의 유신에게 주어진 숙명이라는 공적인 문제로 확대될 수 있다.

한편, 부모를 잃고 유모 계향의 등에 업혀 방황하던 장영은 금병산 노선의 지시로 원귀와 원 부인 남매에게 양육되는데 이들의 인물 설정 또한 심상치 않다. 다시 말해, 원귀는 송나라 어사였으며 그 누이 원 부인 또한 지금은 고인이 되었으나 송나라 조정에서 태부 벼슬을 했던 왕침의 아내로 설정되어 있다. 다시 말해, 송나라 유민이었던 장영은 원나라 치세에 부모를 잃고 송나라 유민들에게 양육된 것이다. 게다가 복수를 끝내고 익주자사가 되어서는 천자의 장인이기도 한 형주자사 진무와 싸우는데, 이때 원 어사는 노구를 이끌고 몸소 전장에 나와 장영을 도와 원나라 군사들과 싸운다. 이러한 양상은 이 작품이 기본적으로 장영 부자를 비롯한 송나라 유민들과 남양태수 오세신을 필두로 한 원나라 관원들의 대립이라는 갈등 구조를 취하고 있음을 보여 준다. 이러한 대립 구도는 대부분의 영웅소설 작품들이 고국을 침략한 흉노(匈奴)와 같은 이민족에 맞서는 영웅의 활약상을 서사화했다는 점에서 분명 흔치 않은 것이라 할 수 있다.

천자의 명을 거역한 장영과
요물(妖物)에 의지하는 원나라 군대

 또 주목할 점은 이 작품의 배경인 원나라에 대한 작자의 인식이다. 금병산에서 원 부인의 아들로 자라난 장영은 이후 친부모의 이야기를 듣고 어린 나이에 복수를 위해 집을 나선다. 그러나 영릉태수 진한의 기세에 눌려 금병산으로 돌아와 무예를 익히며 본격적으로 복수를 준비한다. 그리고 때마침 진한이 반란을 일으키자 원나라 천자에게 자원해 원나라 군사들을 이끌고 대원수가 되어 진한을 죽인다. 따라서 작중 진한에 대한 복수는 역적 토벌이라는 대의명분하에 이루어진다. 그런데 문제는 형주자사 진무와의 싸움이다. 작중 진무는 천자의 귀비가 된 딸을 등에 업고 높은 관직에 오른 인물로 아들의 원수를 갚기 위해 천자에게 장영을 의심하게 한다. 이때 천자는 진무의 말만 믿고 장영을 벌할 수 없다는 대신들의 주청으로 장영에게 다른 관직을 주며 황성으로 돌아오라고 명한다. 그러나 진무에게 위협을 느낀 장영은 끝내 천자의 명을 거역하고 진무와 전투를 벌인다. 이러한 장영의 행보는《소대성전》의 '소대성'이나《유충렬전》의 '유충렬' 등과 같이, 위기에 처한 천자와 나라를 구하기 위해 고군분투하는 충심 가득한 영웅소설 속 주인공들의 모습과는 큰 차이가 있다.

또한 이 작품의 하이라이트는 장영과 진무의 대결이라 할 수 있는데, 둘의 싸움은 상산도사라는 도인의 등장으로 더욱 흥미롭게 전개된다. 그런데 상산도사는 영웅소설에 등장하는 일반적인 조력자나 이인(異人)이 아닌 사특한 요물로, 검각산 신령의 집을 빼앗아 그곳에 사는 무려 1천 5백 년 묵은 뱀이다. 게다가 상산도사는 우연히 만난 진무의 딸인 진씨와의 혼인을 목적으로 진무를 도와 장영을 죽이려 한다. 반면, 장영을 돕는 이들은 정군산 신령이나 검각산 신령과 같은 신격을 갖춘 인물들로 이들은 민속에서 오방(五方)을 다스린다는 오방신장 등을 불러들여 장영을 구하고 진무와 상산도사를 물리친다. 이러한 양상은 이유야 어찌 됐든 원나라 군대가 사특한 요물에게 의지한 데 비해, 장영의 반군은 여러 토속 신들의 조력을 받고 있음을 보여 준다. 《장한절효기》의 작자는 왜 작품의 갈등을 송나라 유민과 원나라 관원의 대립 구도로 형상화했을까? 또한 원나라 형주자사인 진무와 천자의 명을 거역한 장영에게 각각 '사특한 요물'과 '신격의 구원자'라는 전혀 다른 성격의 조력자를 보낸 이유는 무엇일까?

조선 후기 배청의식(排淸意識)의 문학적 반영

133편의 영웅소설의 서사를 검토한 결과, 전체의 79%에 달하는 작품들이 중국을 배경으로 한 것으로 나타났다. 그리고 중국 배경 작품의 약 70%는 명나라와 송나라를 배경으로 하고 있어 영웅소설의 상당수가 한족(漢族)이 세운 왕조를 배경으로 서사를 전개하고 있음을 알 수 있다. 더불어 영웅소설 작품들은 중원을 침범한 오랑캐라 불리는 여러 이민족과 영웅의 싸움을 흥미진진하게 그려내고 있다. 그리고 이러한 서사적 특성은 조선 후기라는 시대적 상황에 기대어 화이관(華夷觀)의 문학적 반영으로 이해되기도 했다. 그러나 이 책에서 소개한 《장한절효기》는 영웅소설에서는 쉽게 찾아볼 수 없는 '원나라 초기' 정확하게 말하자면 한족이 세운 송나라가 망하고 몽골의 나라인 원나라가 건국된 '송말원초'를 배경으로 한다. 게다가 이 작품은 원나라를 배경으로 하면서도 송나라 유민들과 원나라 관원의 대립 구도를 취하고 있으며 원나라의 상징이라 할 수 있는 천자의 명을 거역하는 장영을 주인공으로 세웠다. 송말원초를 배경으로 한 이 작품의 서사를 통해 작자가 보여 주려 한 것은 과연 무엇이었을까?

송말원초라는 작중 배경은 한족의 나라가 망하고 이민족이 세운 나라가 중원의 주인이 되었다는 점에서 명나라가 망하고 청나라가 들어선 조선 후기의 시대적 상황과 다르지 않다. 그런데 《장한절효기》를 비롯한 수많은 영웅소설이 창작된 조선 후기의 사람들은 조선 건국 무렵부터 중화(中華)라 받들었을 뿐 아니라, 임진왜란 때에는 구원병을 보내 주기도 한 명나라를 잊지 못했다. 또한 청나라는 조선이 역사적으로 오랑캐라 부르며 멸시하던 여진이 강성한 힘을 바탕으로 세운 나라로 병자호란을 일으켜 조선에 '삼전도의 굴욕'을 안겨 주기도 했다. 따라서 조선인들은 너나 할 것 없이 청나라를 오랑캐라 부르며 복수를 위해 북벌(北伐)을 주장하기도 했다. 그러나 17세기 중반 명나라를 몰아내고 중원을 차지한 청나라는 오랑캐의 운수는 백 년을 넘지 못한다는 오랜 고정관념을 깨고 18세기 중엽을 지나서도 건재했을 뿐 아니라, 군사 강국에서 문화 대국으로 부상했다. 이러한 현실은 청나라의 중원 지배를 인정하지 않을 수 없게 했다. 이러한 상황을 염두에 둔다면 작중 송나라 유민인 장영이 활약하는 원나라는 청나라의 중원 지배를 객관적으로 인정했던 작자의 현실 인식이 반영된 공간이라 할 수 있다. 그러나 이 작품은 앞서 살핀 바와 같이 송나라 유민들과 원나라 관원의 대립 구도를 보이고 있으며, 장영은 원나라 조정에 대한 충성심이 부재한 인물로 그려지는데 이러한 모습들은 청나라의 지배를 인정하면서도 여전히 명나라 유민을 자처하며 명나라에 대한 충성과 의리를 지키고자 했던 조선 후기의 지식인들을 떠올리게 한다.

한편, 장영은 복수를 끝낸 후 관직에서 물러나 36세라는 많지 않은 나이에 인간 세상을 떠나 신선이 된다. 그러나 이러한 행보는 영웅소설의 주인공들이 높은 벼슬에 올라 만복을 누리다가 연만해 퇴조 후 죽거나 승천하는 것과는 커다란 차이를 보인다. 게다가 《장한절효기》의 결말 부분에는 영웅의 자손들이 대대로 나라에 충성하며 영화를 누렸다는 상투적인 내용조차 나타나지 않는다. 이러한 결말은 이 작품에서 원나라가 충성의 대상이 아님을 다시 한번 보여 준다. 따라서 여러 측면에서 영웅소설의 클리셰를 타파하고 있는 《장한절효기》는 청나라에 대한 조선 후기의 변치 않는 부정적 인식을 매우 잘 담아낸 작품이라 할 수 있을 것이다.

옮긴이에 대해

주수민(周修旼)은 한국학중앙연구원 한국학대학원에서 고소설을 공부하고 2017년 〈고전소설에 나타난 중국 인식 연구-원·청 배경 작품을 중심으로〉라는 논문으로 박사학위를 받았다. 홍익대학교 및 남서울대학교에서 시간 강의를 했으며, 홍익대학교에서 박사후연구원으로 2년간 근무한 뒤 2020년부터 현재까지 한국학중앙연구원 전통한국연구소에서 학술연구교수로 재직 중이다.

처음에는 중국 배경 작품들이 다수를 차지하는 고소설의 서사적 특성을 고려해 고소설의 '중국 배경'에 학문적 관심을 가지고 해당 작품들에 나타난 중국에 대한 작자 인식을 연구했고 이를 통해 중국 배경 고소설 작품들이 중국에 대한 소설 향유자들의 인식을 상당히 입체적으로 반영하고 있다는 사실을 확인했다. 그 과정에서 고소설의 시공간 배경에 대한 실증적인 검토의 필요성을 인식하고 현전하는 상당수의 작품을 검토의 대상으로 해 유형별로 배경 연구를 수행하기도 했다. 현재는 중국의 역사적 왕조를 배경으로 서사를 전개하고 있는 조선 후기 장편소설 작품들을 대상으로 각 작품에 나타난 중국의 역사담이 어떠한 서사적 기능을 수행하고 있는가를 연구하고 있다. 〈〈장백전〉의 형성동인과 주제의식〉 및 〈〈현수문전〉 이본 연구〉를 비롯해 〈조선 후기 가문소설의 시·공간 배경과 재위 황제〉, 〈한국 가전체소설 작품들의 존재 현황에 대한 종합적 이해〉, 〈〈양현문직절기〉에 나타난 당나라 현종 연간의 역사 수용 양상과 그 의미〉 등 여러 편의 논문을 학계에 발표했다.

장한절효기,
한씨와 장영 모자의 복수 이야기

작자 미상
옮긴이 주수민
펴낸이 박영률

초판 1쇄 펴낸날 2024년 7월 19일

지만지한국문학
출판등록 제313-2007-000166호(2007년 8월 17일)
02880 서울시 성북구 성북로 5-11
전화 (02) 7474 001, 팩스 (02) 736 5047
commbooks@commbooks.com
www.commbooks.com

ⓒ 주수민, 2024

지만지한국문학은
커뮤니케이션북스(주)의 한국 문학 출판 브랜드입니다.
이 책은 저작권자와 계약하여 발행했으므로, 본사의 서면 허락 없이는
어떠한 형태나 수단으로도 이 책의 내용을 이용할 수 없습니다.

ISBN 979-11-288-9531-9 03810

책값은 뒤표지에 있습니다.